JN121617

死者にこそふさわしいその場所

吉村萬壱

Man-ichi Yoshimura

文藝春秋

……他人を避ける場所はここ以外にありません、孤独という誰にも共通した考えが、何かに心を奪われたこれらの人々のひとりびとりを、あらがいようもなく、ここに引寄せます。わたくしたちも、程なく、死者にこそふさわしいその場所へ出かけるわけです。そこは、荒れはてた昔の植物園なのですよ。

——ポール・ヴァレリー「エミリー・テスト夫人の手紙」『テスト氏』（粟津則雄訳）

目次

装画　'Island'
Illustration by Alfes Silva @2021
装丁　城井文平

死者にこそふさわしいその場所

苦悩プレイ

一

ゆき子は白いウエディングドレスを着て鏡の前に座っていた。いつもより首が長く、そして一回り細く見えた。モーニングを着た富岡兼吾が後ろに立つと、ゆき子は鏡の中から彼の顔を見返して自信なげに眉を八の字に寄せた。

「できたみたい……」とゆき子が言った。

「なかなかいいじゃないか」

「そう？」

「ああ」

第七頸椎の骨の突起を中心に散在するニキビ痕を見下ろしながら、富岡はゆき子に気付かれないように溜息を吐き、暑苦しい首周りのカラーを指で押し広げた。するとゆき子が「あ」と言って項垂れ、ドレスのスカートの布を指で摘み上げた。見ると指の先には僅かな糸の解《ほっ》れが見えて、それを元の通りに布の中に押し戻そうとしているのだった。こういう小さなことが、どうしても気になってしまう性分なのである。集中している時の癖で、小学生のように口を半開きにして下唇を前に突き出して俯いている。その俯き具合が何かに似ていると思った。やがて富岡は、それがゆき子のマンションの風呂場にあるシャワーヘッドにそっくりなことに気付いた。今にも涎が一滴ポトリと垂れそうなところまで、瓜二つである。

「どうぞ、こちらへ」

案内の女はそう言うと、立ち上がったゆき子の背後に回ってドレスの裾を軽く持ち上げて「奥の部屋で御座います」と言った。富岡が先に歩いた。こぢんまりとしたスタジオが設えてあり、二人並んでポーズさせられる。目の大きなこの案内女が、カメラマンだった。縦縞のスカートを穿いたその女は腰の張った迫力ある体の持ち主で、それに対してゆき子はコルセットが回りそうなほど痩せている。特にここ数日は、殆ど何も食べていないに違いない。肩紐のないドレスがずり落ちて、乳房が躍り出してしまう光景を富岡は何度も頭の中で思い描きながら、言われるがままポーズを取った。

「新郎様、もう少し笑って下さい」と、カメラの女が満面の笑みで言った。後で見せられたサムネイル画像には、心ここにあらずといった富岡の横で、無理矢理笑みを作ろうとしているゆき子の顔が何枚も写っていた。

スタジオ撮影が終わると、お天気に恵まれて良かったですねと言われ、屋外撮影に連れ出された。写真館の直ぐ傍に川沿いの桜並木があり、桜は満開だった。

カメラの女は、背景から通行人がいなくなるのを待った。一本の桜の木の横に若い男が立ち止まり、ゆき子を数秒間凝視してから立ち去ったのを富岡は見た。狐のような顔の男だった。赤の他人に自分の女を見詰められて、一瞬、優越感と羞恥心と嫉妬の入り混じった複雑な感情が渦巻いてすぐ消えた。

「とっても良いロケーションですよ！」

カメラの女が、写真を撮るのが楽しくて仕方ないといった弾んだ声を上げた。ゆき子はこの時ここ一番の笑顔を作ろうとして、あえなく失敗していた。

「新郎さん、新婦さんを抱き上げたりとか、お出来になりますか？」

調子に乗るな、と思いつつ、富岡は「はぃ……」と答えた。

「それでは最高の笑顔でお願いします！」と言いながら腰を落として片膝を立てたカメラ女の右脚の、細い足首に掛けて形よく窄まっていく膝下の滑らかな脚線と、地面に膝を突いた左脚のスカートから覗いた立派な太腿とを、富岡は咄嗟に盗み見た。するとカメラ女のパッチリした目が、ファインダーから外れて真っ直ぐに彼を見てきた。その目は「お相手の人が嫌なのでしたら、私とではどうですか？」と言っているかのようだった。彼は忽ち、もしこの女だったらという妄想に囚われた。根っからの明るさやここまで豊満なボディというのは、どういう妙味を持つものだろうか。この女なら、同じ目に遭わされても一晩泣けばケロリとしているかも知れない。そんな逞しさが感じられた。しかしもしそうだとしても、それはそれで憎らしい気もした。肩がガッシリし過ぎている。

「落っことさないでよ」と、富岡に抱き上げられたゆき子が弱々しげな声を出した。拍子抜けするほどの軽さと、いつもの暗い声におどけたようなトーンが混じっていたことに妙な安堵感が湧いて、「おらっ」と彼が落っことす振りをしてみせた時の二人同時に笑った顔を、カメラのレンズは逃さず捉えていた。スタジオ内でこの写真を見せられた時富岡は、何もかも計算ずくのカメラ女にまんまと嵌《は》められたと思った。彼女が色目を使うと、大概の男は派手なモーニングを着てカメラの前に立っている自分の馬鹿さ加減に腹を立て、反射的に自分の女を愛している素振りを見せて自己嫌悪を振り払おうとする。そのような勘所を、このカメラ女は経験上熟知しているに違いなかった。

こんな計算の出来る女は手に負えない。

それに比べてゆき子は決して馬鹿ではなかったが、時々信じられないほど頭が働かなくなった。勤め先の事務仕事もそつなくこなし、趣味も豊かであるのに、小学生でも分かるような当たり前のことが分からなくなって唖然とさせられることがある。

写真のダウンロードデータが届くのは二週間後だということだったが、それが待てないゆき子はカメラ女に頼んで、何枚か自分のデジカメに二人の写真を撮って貰っていた。記録したり蒐集《しゅうしゅう》したりするのが好きな性格なのである。

フォトウエディングのスタジオから出て桜並木を駅まで歩くゆき子を、擦れ違うカップルやスケベ面をした中年男、ベンチに横になったホームレスに至るまで誰一人として見向きもしないことを富岡はいちいち確認しながら歩いた。普段殆ど化粧っけがなく、メイクのスタッフに施された化粧のままスタジオを出てきた自分を「目立つかな」と気にしていたゆき子が酷くしょんぼりとしている気がして、富岡は「その化粧、いいよ」とお世辞を言った。ゆき子は「嘘ばっかり」と言い返したが、その実びっくりするほど嬉しそうな顔になった。「今日はお化粧したまま寝ようかな」などと言いながら顎に人差し指を当てるゆき子の顔は、午後の陽に照り輝き、旅役者のようにけばけばしく見えた。

二

折口山駅前から歩いて、高台に建つ十一階建てのマンションの八階の部屋に戻ると、洗顔しようとするゆき子を制して、化粧は落とさずに軽くシャワーだけ浴びないかと富岡は提案した。服を脱ぎながらゆき子は「いいよ」と言った。化粧したままのゆき子の裸が見てみたいと思った。富岡にとってゆき子は、外にいる時は痩せたコオロギのような存在に過ぎないが、家で二人きりになって着替えなどを始めると決まって女っぽい体に見えてくる。着痩せするのか、裸になると背中や腰回りに三十路女らしい肉付きが現れ、角度によっては肉の殺《そ》げたように見える乳房も、鷲掴みにすると随分と肉が詰まっているのが分かる。

先にシャワーを浴びて寝室の布団に横たわって待っていると、髪をアップにした全裸のゆき子が横に寝そべってきて、天井を向いて長い息を吐いた。

「疲れたか？」と訊くと「ちょっと」と答えた。

陽は殆ど落ちて、部屋の中は薄暗かった。体を起こしてゆき子の顔を覗き込むと、顎を引いて見返してくるその顔は知らない女に見えた。女郎屋にでも来たような錯覚を覚え、新鮮な気持ちで唇を合わせた。二人とも唇に厚みがあるため、接吻は一分の隙なく密着する。久し振りの化粧の匂いを嗅ぐと、連綿と連なる女の歴史のような光景が頭の中に立ち上がってきた。少なくとも明治ぐらいから数えて百年以上の、女達の哀しみと恨みと後悔の歴史。やがてそれは裸女の行列というイメージになり、両側が断崖絶壁となった隘路《あいろ》を後ろの人間に押されながら歩き続けた挙句、先頭から次々と谷底へと無言で落ちていく女達の顔という顔が、全てゆき子の顔なのだった。

妻と別れて結婚するという約束も、家を出て一緒に暮らすという約束も果たされないまま、フォトウエディングの代金しめて五万円也を自腹で払わされ、今こうして言われるままに裸になって横たわっているゆき子。その両脚を高々と持ち上げて、蒸気機関車のように腰を振っていると、半分開いた窓の網戸からプワァーンという間の抜けたクラクションの音が聞こえた。

「二百一回目よ」

「ああ分かってる」

「中で出して」とゆき子が言った。

「大丈夫なのか？」

「何が？」

「中で出して大丈夫なのか？」

「もう、なりかけてるから……」

この二年間、一度も避妊具を用いたことはない。富岡がいつものようにギリギリのタイミングで腰を引くと、ゆき子が抜かせまいとして体を密着させてきた。しかし今日だけはまずいという気持ちが湧いて、無理矢理抜いて太腿の付け根に粗相した。一瞬何か言いかけたゆき子は、だらしなく口を半開きにして瞼を閉じた。横に転がった富岡がそっと太腿に指を這わすと、V字に開いた両脚が反射的に閉じた。その有無を言わせぬ動物的な俊敏さは、駅前スーパーマーケット「おりぐっちん」の発泡スチロール箱の中の大アサリを思い出させた。大アサリは指で突かれると、固い殻の中に素早く身を隠す。しかし、ゆき子には果たしてそんな殻があるのだろうか。富岡はティッシュでゆき子の太腿を拭いながら、彼女の中心部の暗い穴を眺めた。ゆき子のそれは、貝と言うより寧ろ木から引き剥がされた蝸牛《かたつむり》の裏側を思わせた。虚空を摑もうとしてゆっくりと窄まっていくその寄る辺なさは、外観だけでなくゆき子の心をも忠実に表しているような気がした。

部屋はすっかり暗く、枕元のラジオ付き目覚まし時計を見ると午後七時を過ぎていた。富岡は布団の上に胡坐をかいて、弛緩したゆき子の体を眺めた。痩せてはいるが、どこか欲しくなる体ではあった。この二年間での日付と累積回数を、ゆき子は克明に手帳に記録している。その数が二百回に達したら富岡は妻と別れてゆき子と結婚することになっていた。

何でも記録し、几帳面に資料整理が出来れば事務仕事には向いているということになる。思考も論理的と言えば論理的で、富岡が「確かに約束はしたが、俺自身が変わってしまったんだからしょうがないじゃないか」と言うと「それじゃあ私はどの富岡さんを信じたらいいんですか」と尤もな言葉を返してくる辺りまでは普通のやりとりで済んだ。しかし時々頭の歯車が外れて、思考が意味不明のものになってしまうところに、ゆき子の少し変わったところがあった。

立ち上がろうとするといつの間に目を覚ましたのか、ゆき子が膝に手を置いて「行かないで」と寝ぼけた声を発した。ペシャンコの腹の上に、いつのまにか飛んだ富岡の一滴が光っている。「煙草を吸うだけだよ」と言い置いて富岡はパンツを穿き、脱ぎ捨てたズボンから煙草を取り出してベランダに出た。

高台に建つマンションの八階からは、西に拡がる街全体が見渡せた。無数の家の灯りが遠くの海岸線にまで延び拡がっていて、その一つ一つに人間の愛憎が渦巻いているのかと思うと気が遠くなるような気がする。振り返って東側を見ると低い山々が連なり、麓に朽ちた植物園の敷地の一部分が顔を覗かせていた。

富岡は、耳に寄ってきた蚊を払いながら深々と煙草を吸い、いつものように壁の隅を見上げた。どこからか飛んできたものか、二年前からずっと白い紙が貼り付いている。この町の秋祭りの人型の護符で、顔の部分に描かれた目玉はすっかり色褪せていた。ここで煙草を吸う度に、その目に睨まれているような気がした。煙草の煙が嫌いなのかも知れない。

ゆき子も煙草が嫌いで、そのことでもよく喧嘩した。真冬の木枯らしに吹かれながら旨くもない煙を吸って震えていると、自分が急に哀れに思えて「何をやっているんだ俺は」と腹が立ち、自分は囚人だと思うとゆき子が女看守に見えてきて妻の手料理が恋しくなった。ゆき子は料理下手ではなかったが、茶碗に解凍した御飯がタッパーの直方体の形のまま出されてきたりすることがあって、「どうして解《ほぐ》さないんだ」と訊くと「解凍してあるわよ」と言う。「少し解せば見栄えもいいじゃないか」と言うと「だから解凍済みなのよ。湯気が立っているでしょう?」と子供に諭すように言い、そんな遣り取りが何度か続いた時に、やっぱり駄目だと思った記憶があった。

部屋に戻り、富岡はゆき子の寝顔を確かめながら服を着た。ズボンのベルトを締め終えると一糸纏わぬゆき子の姿態にグッときたが、手首に嵌めた腕時計の針は七時半を指していた。ゆき子の枕元にしゃがみ込み、「帰るよ」と囁《ささや》く。するとゆき子はクルリと富岡に背を向け、サイレンが徐々に鳴り止んでいくようなか細く長い声を吐き出すと石のように動かなくなった。富岡はゆき子をそのまま捨て置いて玄関から外に出た。エレベーターを一階まで降りてゲートまで下る歩道を歩いていると、後ろからペタペタという音が迫ってきた。まさかと思って振り向くと、素足のゆき子が迫ってきていた。その姿を一目見た時、富岡は又しても彼女の背後に、歴史に埋もれた女達の列が延々と連なっているのを見た気がした。

「おいっ、何だ」

「分からないの！」とゆき子は叫んだ。

「何のことだ？」

「分からないの！」

断言なのか質問なのかはっきりしない。富岡はだらしなく胸元が開いたキャミソールの薄い生地を突き上げているゆき子の両乳首と、キュロットスカートから伸びた棒のような脚を凝視した。

「靴はどうした？」

「サンダルのこと？」

「サンダルでも何でもだよ」

「サンダルは玄関よ」

「どうして履いてこないんだ？」

「寝てたのに！」

「俺は帰るんだよ」

「私が寝ている間にこっそり帰ったのか！」

「よく寝ていたからさ」

ゆき子は激しく首を振って自分自身の耳を叩いた。耳殻に突っ込んできた蚊を叩いたらしい。

「あぁ……」ゆき子の言葉が突然失速した。

「……寝てた？」

「ああ寝てた」

ゆき子の足元がふら付いたので、富岡は咄嗟に肩を抱き寄せた。ゆき子は「んー」と言いながらされるがままになった。こんなところで始まったらしい、と思った。こうなると、ゆき子はすっかり幼児だった。見ていて哀れなほど、頭が働かないのである。

歩道沿いの柵の向こうは崖となって落ち窪み、黒い水を湛えた濁った池が広がっている。その柵に寄りかかり、二人で同じ方向を眺めた。

「鳥がいるな。あの黒いの」

「黒いのかあ」

「魚を狙っているのかな」

「ここ、蚊が多いわ」

富岡は、ゆき子の腹が鳴る音を聞いた。マンションに戻ってから、二人ともみかんジュースを飲んだだけで何も食べていなかった。

「何で裸足で出てきたんだ？」

「階段を下りてきたのよ」

「部屋に戻っといで」

「そうなの？」

「俺は帰るからな」

「いつなの？」

「今だよ」

「今なの」

「じゃあな」

「うん」

背中を押されたゆき子が、坂を上っていく後姿を富岡は見送った。自分が何をしにきたのかも分からないような頼りない背中だった。ゆき子は途中で二度ほど立ち止まり、蚊に食われたらしい脚をゴリゴリと掻いた。腰を折ったゆき子のその姿を、エントランスからヌッと出てきて歩道を下りてきた初老の男が、ジロジロと見ていった。その角度からだと、キャミソールの胸元から乳房が見えてしまっているのではないかと気が気でなかった。近付いてきたその男を、擦れ違い様に富岡は睨み付けた。初老の男は詰襟の学生服のような黒い服を着ていて、手に手帳を持っていた。富岡の視線を避けるようにして顔を背けた時、男の右耳がない事が分った。潰れているのではなく、耳そのものがないのだった。そして男は富岡から逃げるように歩道から車道に下りると、Uターンして坂を上っていった。

男の行く手にゆき子がいて、その姿は小さくなって、やがて植え込みの陰に隠れてゆっくりと見えなくなった。富岡は頭を掻きながら、アシダカグモがゴキブリに飛び掛かるように、ゆき子が初老の男に捕らえられる様を想像した。

三

翌日の午前早くにゆき子が会社に電話を掛けてきて、泣きながら意味不明の言葉を口走った。「お前、会社はどうした?」と訊くと「痛い痛い」と言う。質問攻めにして漸く背中に怪我をしたらしいことは分かったが、電話では埒《らち》が明かず、富岡は残業で遅くなるから晩飯は要らないと妻に電話を入れ、午後三時に会社を早退してマンションへ向かった。昼過ぎから降り始めた雨が激しさを増し、傘が持っていかれそうなほど風も強くなった。

呼び鈴を鳴らしても出てこないので、合鍵を使って中に入る。濡れた靴下を脱いで手に持ち、薄暗いリビングダイニングに入るとカーペットの上に半裸のゆき子がうつ伏せになっていた。上半身は裸で、下は昨夜《ゆうべ》のキュロットスカートを穿いていた。富岡は目を凝らした。背中が赤くなっているような気もするが、大したことはなさそうである。

「ゆき子、来たよ」

ソファの上に靴下を置くと、脱ぎ捨てられたキャミソールがあった。持ち上げて点検してみると背中に破れ目が入っていて、血のような黒い染みが付いている。富岡はリモコンを手に取り、部屋の灯りを点けた。

「点けないで」と言ったゆき子は首を回して富岡の顔を見ようとしたが、途中で諦めて再びカーペットに伸してしまった。チラッと見えたその顔は、昨日の化粧がそのまま残っていた。しゃがみ込んで精査すると、細かい擦過傷が背中のあちこちにあって、両肘にも強く擦った痕があった。

「お前、どうしたんだ？」と訊くと子供のように泣き出し、二言三言何か言ったが意味は判らなかった。

「お前、誰かに襲われたのか？」

ゆき子の泣き声が止まり、洟汁を吸い上げてゴクンと喉を鳴らしてから蚊の鳴くような声を発した。富岡がキュロットスカートを脱がし始めると、ゆき子は反射的に腰を浮かせた。

「ちょっと見せてみろ」

富岡はゆき子の体を捻って片脚を持ち上げ、指で蝸牛を押しながら仔細に観察した。若干赤く腫れぼったくなっている部分は見られたが、特に目立った外傷はない。

「相手は誰だ?」

富岡はゆき子の裸体を上から下まで繁々と眺めた。

「昨夜擦れ違った黒服のおっさんか?　それとも若い奴か?」

ゆき子が首を振った。

「分からないのか?」

「……」

「顔は見なかったのか?　耳はあったか?」

「……」

「仰向けだったんなら、男の顔を見たんじゃないのか?」

ゆき子は首を振り、一層強く洟を啜った。

「お前……本当にされたのか?」

富岡はそう言いながら、ゆき子の脹脛を撫でた。ゆき子の足指が内側に曲がり、腰が微妙な動きを見せた。

「されたんだな!」

「……」

「それでその、その後ちゃんと洗ったのか？」

ゆき子は小さく頷いた。

「で、どこでやられた？」

「……」

「駐輪場で仰向けにやられて、それで背中を擦ったのか」

富岡はゆき子の隣に横たわり、その裸体に抱き付いて首筋に鼻先を這わせた。これが誰かに襲われた後のゆき子だと考えた途端、富岡の全身を苦しみと同時に歪んだ喜びが突き抜けた。なぜならそれは、ゆき子が誰からも見向きもされない女ではなく、不特定多数の男を欲情させる体の持ち主だということを意味したからである。そう思うと化粧崩れしたゆき子の横顔にも妖しい色気が差してきて、個人的で卑俗なものに過ぎなかった情事の光景が、世界中の男達が見たがるような普遍的価値のあるものに思えてくるのだった。


ハッとして目覚めると、ゆき子がいない。腕時計を見ると午後六時である。まだ時間があると思うと、富岡は急に空腹を覚えた。顔を上げるとゆき子が台所に立っていた。

「どうした？」

「お腹が空いたのよ」

「俺もだ」

「今作ってますから」

対面式キッチンの中から見えるゆき子の上半身はブラジャーだけで、下は例のキュロットスカートを穿いているらしかった。

「背中はいいのか？」

「さあ……掠り傷でしょこんなの」

「そうだな」

「ちょっと染みるけど」

「その傷、どうしたんだ？」

「エントランスの壁で擦ったみたいよ」

「昨晩か？」

「壁に凭《もた》れてボーッと立ってたらウトッってしちゃって、バランスを崩したみたい」

「そうか」

「私、脚をばたつかせてたらしいわ」

「誰にそう言われた？」

「知らないおじさんかな。ふふ」

「黒服で、右耳のない奴か？」

「分からないわ」

「それで？」

「それだけよ」

仄かに味噌汁の香りが漂ってくる。

「襲われただなんて富岡さん、馬鹿ですね。玉子丼なんだけど、いい？」

「親子丼じゃないのか」

「お肉がないの。でも葡萄が少しあるのよ」

ゆき子は殆どテレビを見ず、一緒に食事する時は大概物静かなＣＤを掛けた。この時はスティーヴ・ライヒが流れていた。

富岡は旨くも不味くもない玉子丼を味噌汁で胃に流し込みながら、テーブルの向かいで緩慢に食事するゆき子をチラチラと盗み見た。

「そのおじさんに、ここまで送って貰ったのか？」

「いいえ」

「では一人で帰ってきたのか？」

「そうよ。背中は見て貰ったけど」

「背中を見て貰ったって、どうやって？」

丼の内側にへばり付いた玉葱がヌルヌルしてなかなか箸で摑めず、富岡は苛々した。ゆき子は箸を丼の上に置くと、「こうやって」と言いながらクロスさせた両手でキャミソールを引き上げる仕草をした。富岡は、それではノーブラの乳房が丸出しになったのではないかと言いかけて、しかし巧くやればそうならずに済んだかも知れないと思い直し、それにしても危険極まりないと思った。

「おじさんは背中を見て、何と言った？」

「脇の方も見せてみな、って言ったわ」

「それで見せたのか？」

「ちょっとだけ」

「前も見せたのか？」

「さあ……」

「おいどうなんだ、前も見せたのか？　怒らないから言ってみろ」

「分からないわ」

「分からないってどういうことだ？」

「……」

「ええ、おいっ！」

するとゆき子が突然立ち上がり、寝室へと移動した。思わず富岡も席を立って追い掛けると、彼女は床に座り込んで頭からトレーナーを被ろうとしているところだった。富岡は彼女を見下ろした。さっきまで露わだったゆき子の細い肩や胸の膨らみがダボッとしたトレーナーによって完全に隠されてしまうと、お預けを食らった子供のような悔しい感情が湧いた。

「どうして隠す？」

「何をよ？」

「見られたらまずい傷でもあるのか？」

「何の話？」

「どうしてトレーナーを着た？」

「肌寒くなってきたからよ！」

「お前！　本当にやられたんだな！」

「そうよ！」

「嘘吐け」

「嘘よ馬鹿！」

「嘘じゃないな！」

「嘘じゃないわよ！」

「お前、どうしてそうやって俺を苦しめるようなことばかり言うんだ！」

「富岡さんが私を苦しめてることに比べたら、こんなのどうってことないでしょう?!」

「この野郎！」

富岡はゆき子の体を押し倒し、ゴキブリに飛び掛るアシダカグモのようにその上から覆い被さった。そしてトレーナーを脱がそうと試みたが、ゆき子は頑強に拒んだ。いかにゆき子が非力であっても、本気で抵抗されるとトレーナー一枚脱がすことすら至難の業である。すると益々その下に自分の知らない秘密が隠されている気がして富岡は本気になり、それに釣られてゆき子も意地になった。暫くしてゆき子が疲れて大人しくなると、富岡は彼女のトレーナーに顔を擦り付け、ゆき子の名を呼びながら洟を啜った。

「ゆき子、ゆき子……」

ゆき子は黙って天井を見詰め、長い溜め息を吐いてから富岡に訊いた。

「富岡さん、泣いてるの？」

「泣いてないでちゅ」

ゆき子は黙って自分の手の爪を眺めた。

「ゆき子……」

「何？」

「どこへも行かないでくれ」

富岡はそう言うと、ゆき子が声を出せないほどきつく抱き締めた。

そして二人は、そのまま動かなくなった。

真っ暗な寝室で、二人は並んで横たわっている。

「どうしてかな」とゆき子が呟いた。

「ん?」

「色んなことが分からなくなる」

「分かってるよ」

開け放たれた窓から、雨上がりの冷えた空気が流れ込んできて二つの裸体を撫でていった。この日二度目の交接で、富岡はゆき子の中で果てていた。彼は闇の中の天井を見上げながら、こんなことは初めてではない、今度も大丈夫だと自分に言い聞かせつつ時間を気にしていた。ゆき子の手前時計を見ることは憚《はばか》られたが、少なくとも午後九時は過ぎている筈である。すぐにここを出たとしても帰宅は確実に十時半近くになる。今日の分の残務もあり、明日の仕事が思いやられた。極普通の精神を持った特大の妻の顔が、暗い天井一杯に拡がって朧に消えていった。

「みんなは普通に分かってると思うのよ」

「何が?」

「私が分からないことを」

「ふむ」

「みんなは当たり前のように分かっていて、私はその当たり前のようなことが分からないのだと思うの」

「そうだな」

「んー、何かな……」

富岡は苛々しないように、足の裏でゆき子の向こう脛を撫でた。ゆき子の脚の毛は柔らかく、無毛の脚のようなスベスベした感じがする。

「……心からゆったりしたり、リラックスしたり、何も考えずに自然に振舞えたり……そういうことがとても難しいのね」

「セックスの時は自然に反応してるように見えるけどな」

「富岡さんといると、幾らかましなのよ」

「幾らかまし、か」

「別の人といると駄目」

「会社の人とかか」

「そうね」

「一人の時は？」

「色々だわ」

ゆき子は腕を持ち上げて額の上に置き、長々と溜息を吐いた。富岡はゆき子の方に体を向けた。化粧はシャワーで綺麗に落とされていた。矢張りスッピンの方がよいと思い、扁平になった乳房を周りの脂肪を寄せ集めて盛り上げていると、乳首が固くなってきた。暗闇に浮かび上がる体のラインは砂丘を思わせる。

「でもセックスは好きなんだろ？」

「繋がっている感じになれるから好きよ」

「誰とでもかい？」

「違うわ……………、ぁぁ……ふぁぁ」とゆき子は間の抜けた欠伸をした。

富岡はいつ起き上がろうかと思案していた。

内面を吐露する時、ゆき子はいつも全く同じことを語った。自然に出来ない、当たり前のことが分からない、世の中の基礎が分からない、一番簡単なことが最も難しく感じる、みんなは自然に振舞っているがその感覚をいつどこで学んだのだろうか、学校の勉強はそこそこ頑張ってきたつもりなのに悔しい、決まり切った仕事なら何とかなるのに新しいことに適応するには物凄く時間が掛かる、すべてを頭で考えながら一つ一つクリアしていくのは心身共に疲れて仕方がない、発作的に世界を破壊してしまいたい衝動が湧いてきて怖くなる、私は馬鹿なのか……

そんなことを語る時、ゆき子の精神はある意味とても安定しているように富岡の目には映った。その顔は、禁を破ってこっそり酒を口にし、至福の表情を浮かべるアル中患者を思わせた。肝臓癌で死んだ田舎の伯父が、よくこんな顔をしていたことを思い出す。

富岡の見立てでは、ゆき子は何の問題もないところにわざわざ在りもしない問題をでっち上げて苦悩と戯れて慰めを得る「苦悩マニア」だった。好きな相手と一緒になれず、日陰女に甘んじなければならない状況に苦しんでいるのはよく分かる。しかしゆき子の悩みの中心は、専ら「当たり前って何ですか？」というどうでもいいような問題に収斂《しゅうれん》された。こんな問題に悩むのは、ゆき子の捏造した架空の苦悩ではないのか。「当たり前は当たり前でそれ以上説明しようがないのが当たり前ということ」であるから、こんな問題に対する解答はまず存在しない。ある時この事実に気付いたゆき子は、永遠の苦悩の種を得たことに密かにほくそ笑んだに違いない。

二年前に知り合って何度か酒を飲み、初めてマンションに招かれた時、ゆき子はそれまでの控えめな態度とは打って変わって積極的に富岡を求めてきた。その手の尻軽女かと思ったが実際に交わってみると、付き合ってきた相手に技がなかったのかまだ熟していない部分が多く、富岡は目を血走らせて開拓に励んだ。体が馴染んでくるに連れ、ゆき子が会社の飲み会などで他の男と距離感なく付き合っていることに嫉妬を覚えるようになった。同僚の男のアパートでみんなで飲んで雑魚寝したと言った時も、よく問い糾《ただ》してみると結局朝までいたのはゆき子とその男の二人だけだったと分かり、その時富岡は初めてゆき子を叩いた。するとゆき子は頬っぺたを押さえながら「何がいけなかったのか教えて」と問うてきた。怒鳴りつけたがあまりにしつこく同じことを訊いてくるので、おや？　と思った。他の男と朝まで二人きりでいたことのどこが悪いのか心底分からないらしく、その埴輪のような顔を見ていいる内に別の興味が湧いてきた。その後も飲み会の王様ゲームで全裸になったようなことを平気で口にするので、その度に嫉妬で頭に血が上り、挙句に富岡は「妻と離婚してお前と結婚する」と思わぬ啖呵を切る羽目に陥った。その時の明るく輝いたゆき子の顔は、はっきりと脳裏にこびり付いている。しかしその後口約束の離婚期限を延ばし延ばしにする富岡に対して、ゆき子の態度もどことなくはっきりせず、「せめて奥さんと別居してここに来て」と言うので「よし、分かった」と答えると、「有難う」と言いながら台所に立ったまま大根の皮を剝く手を止めない。初めて家庭科を習う小学生のように、眉間に皺を寄せながら大根だけを凝視するその手付きは酷くぎこちなかった。結局その約束も果たされないと分かり、二百回目の交接を区切りにフォトウエディングをしてと要求してきたが、確かにその時も、「これもちゃんとした結婚だからね」と言いながら悔し涙を浮かべていたものの、リビングのミニテーブルの上でティッシュペーパーをちぎっては延々と紙縒《こよ》りを縒り続ける手を止めることはなかった。

富岡は時として、自分はゆき子の「苦悩プレイ」に付き合わされているだけなのではないかと思うことがある。この女にとって本当は結婚などどうでもよく、ただ富岡の抱く罪悪感を利用して手元に繫ぎ止めておき、悩む己の姿を見て貰い、相手をして欲しいというだけのことなのではなかろうか。ゆき子は部屋の灯りを消したまま、全裸若しくは半裸で三角座りをするのがお好みだということに富岡は気付いていた。それも窓ガラスや姿見に自分を映して、どこか恍惚としている風情なのである。そういう時、「どうかしたか？」と訊くと、喜びを押し殺したように「ゆったりと自然にってどういうことですか？」などと尋ねてくるのだった。しかし時として富岡といることが嬉しくて堪らないという顔を見せることがあり、手を離すと本当に溺れて死んでしまうようでそれがとても不憫にも思え、今一つよく分からない。

窓からの星明りに腕時計を翳《かざ》すと、驚いたことに十時丁度になっていた。富岡が体を起こすと、ゆき子が判で押したように「行かないで」と言った。

「煙草を吸うだけだよ」と言い置いて富岡はパンツを穿き、脱ぎ捨てたズボンから煙草を取り出してベランダに出た。高台に建つマンションの八階からは、雨上がりの街全体がいつもよりくっきりと見渡せた。無数の家の灯りが遠くの海岸線にまで延び拡がっていて、その一つ一つに人間の愛憎が渦巻き、見上げると人型の護符が壁に貼り付いていて、この際限のない同じ景色の繰り返しに気が遠くなりそうだった。

「もうしないからね」

ベランダから戻ると、ゆき子の表情が豹変していた。

「何をだ？」

「セックスよ」

「どうして？」

「そういう約束だからよ。結婚前にするのは二百回までだって決めたでしょう。本当に結婚してくれるまで、もうお預けにする」

「何だよ。今日だけで二回もオーバーしたくせに」富岡は鼻で笑った。

「本気よ」

「そうかい？」

「話し合うのよ」

「誰と？」

「奥さんと三人で」

「どこで？」

「ここで」

「ほう。やれるもんならやってみろよ」

　こんな遣り取りは今までにも何度もあり、このように喧嘩腰になった方が寧ろ帰りやすい雰囲気が出来て好都合だった。富岡はこれ幸いとマンションを後にした。

四

　その夜、富岡が帰宅して風呂に浸かっていると、磨りガラス越しに妻の影が現れて脱衣籠をゴソゴソやり始めた。

「あなた」

「何だ？」

アコーデオンドアを開けて、「これ」と差し出してきた妻の指先に、アルミホイルの小さな塊がぶら下がっている。

「何だそれは？」

「開けてもいい？」

「いいよ」

富岡は湯で激しく顔を洗った。

「葡萄よ」

「葡萄？」

「二粒だけ。何なのこれ？」

「ああそれか。会社の子から貰ったのをポケットに入れておいたのを、忘れていた」

「まだ冷たいわよ」

「そうかい」

「要るの？」

「要らない」

「じゃあ捨てるわよ」

「ああ、そうしてくれ」

まだ冷たいということは、凍らせてでもいたのだろうか。何度叱ってもゆき子はこの手の危険行為を止めない。責めたてると、なぜこういう子供っぽい悪戯が致命傷になりかねないのかどうしても分からない、という打ち沈んだ顔を窓ガラスに映して自分でチラチラ見ていたりした。富岡は、湯船の中で葡萄を巡るストーリーを完成させて風呂から上がった。キッチンでビールを飲んでいると、妻が妙に絡んできた。「葡萄、凄く冷たかった」と言うので、「何でも凍らせるのが好きな社員がいるんだ」と答えた。妻は「あなた食べたの？」と訊く。「食べた」と答えると「凍った葡萄ってどうなの？」と言うので「悪くない」と答えてビールを呷った。「一粒というのは君へのお土産だったんだが」と言うと妻は「有難う」と言って冷蔵庫から捨てた筈の葡萄を取り出してきた。「ホントは全然温いんだけど」と言いながら、不味そうに食べている。富岡が何か言おうとすると、妻は「何かこの葡萄、お化粧臭い」と言い残して二階に上がっていった。

台所に残された富岡は、冷蔵庫から二本目のビールを取って開けた。グッと呷ると二度のセックスの疲労からか、一気に酔いが回ってきた。

富岡は頰杖を突いて、ぼんやりと天井を見上げた。そして酔いに任せて何かを考え、妻の疑念を忘れようと努めた。

ゆき子への執着の大半は、自分の勝手な嫉妬妄想に基づいている。ゆき子には実際、何度注意しても寄って来る男を拒否出来ないところは確かにあるようだった。富岡は、いつしかゆき子の「苦悩」を利用して興奮を高めようとするようになっていった自分を、やや冷静に振り返った。頭が働かなくなると、ゆき子はこちらが何を言っても意味不明の返事をするか、挙句の果てに激昂してしまうかのどちらかである。富岡はそんなところを半ば面白がりながら、有り得ない状況を考え出してはゆき子を責めてきた。ゆき子はどんな嫉妬妄想をぶつけられてもそれらを完全に否定することに失敗し、しかもその失敗を寧ろ自分の苦悩の糧として取り込みながら、大泣きしている時ですらどこか自分に酔っているようなウットリした目になった。それが富岡にとって興奮の媚薬となって作用するのである。

こんな関係は、幼稚極まる。

富岡は三本目のビールを空にすると小便に立ち、ドボドボと泡立つ便器の中を凝視しながら「終わりにしよう」と野太い声を発した。すると背後のドアの向こうから「何ですか？」と妻の声がした。富岡は咄嗟に「あと一本で終わりにする」と答えて無理に笑い声を上げた。便器がグルグル回り出した。「飲み過ぎじゃないの？」と咎める妻に「あと一本だけでちゅ！」と言って「馬鹿じゃないの？」と返された時、一瞬虚を突かれた。

赤ちゃん言葉は、ゆき子の前でしか使ったことがなかったのだ。

ゆき子はその後二日間、電話にもメールにも返事を寄越さなかった。会社でずっと燻《くす》ぶっていた嫉妬心を抱えながら、富岡はトイレに立った。個室に籠もっていると、小便に入ってきた他の社員が長い屁を放った。その物寂しい音に、ゆき子への恋しさが募った。

富岡は直帰の社用を作り、ゆき子のマンションに立ち寄った。ゆき子はまだ仕事から帰っていなかったが勝手に上がりこんで窓を開け、自動販売機で買ったコーヒーの空き缶を灰皿にしてリビングダイニングで立て続けに煙草を二本吸った。部屋の中で煙草を吸うことには、二日間何の音沙汰もないゆき子に対する小さな報復行為の意味があった。すっかり日が落ち、リビングダイニングに闇が満ちてきたので灯りを点けた。ゆき子のいない対面式キッチンに、主人を欠いた台所用品が固く沈黙している。テーブルに両足を乗せて椅子を後ろに倒してブラブラと揺らしていると、ゆき子が会社の若い男とよろしくやっているに違いないという妄想が確信に近くなった。

富岡は立ち上がって歩き回り、玄関脇の納戸に入った。本棚や電子ピアノを置いてある、彼が今まで殆ど出入りしたことのない部屋だった。この部屋の灯りを点けると、駐車場に車を停めたゆき子が窓明かりに気付く恐れがあったので、玄関に常備してある懐中電灯を持ってきて部屋の中を照らした。本棚は音楽や美術関係の書籍や図録が中心で、富岡との間では話題に上がったこともない小説や漫画本もそこそこのスペースを占めていた。自分の知らないゆき子の姿が、本棚のどこかに隠れている。几帳面なゆき子がコンサートや展覧会のチラシを日付順にファイルしているのは知っていたが、入場チケットを貼り付けたノートに感想まで書き付けているのは知らなかった。二人で行った現代美術の展覧会を懐中電灯の灯りを頼りに探し出し、ザッと目を通すと「富岡さん」という文字が目に留まった。富岡の胸は高鳴った。その文字の前に長々と綴られたやや専門的な感想を精読した後、最後に記されたその一文に息が止まった。

「富岡さんは知ったかしてたけど、この展覧会の持つ意味がちっとも分っていない」

他よりも大き目に書かれた「ちっとも」の文字が、ゆき子の浮気を証拠立てるかのように立体的に立ち上がってきた。ゆき子は富岡の精神など歯牙にも掛けず、無趣味で教養もない男だと心の中で馬鹿にしていたに違いない。ゆき子と趣味の合う他の男の存在が、富岡の力ずくの負け惜しみの薄笑いと共に、懐中電灯の漏れ灯りにぼんやりと照らし出されている筈だった。富岡は本棚を見回し、その男の尻尾を探した。

気が付くと、血中のニコチン濃度が薄まっている。

富岡はリビングダイニングに取って返し、煙草を吸いながら納戸に戻った。煙草の灰をカーペットに落としながら、這い蹲《つくば》るようにして更に本棚を精査し始める。頭の中には、随分前に聞いたゆき子の言葉が反響していた。

「私、日記を付けてるのよ」

数冊の大学ノートが、本棚の最下段の棚の雑誌の下に見付かった。引き抜いて照らしてみると、表紙に日付が記されている。最も新しいものは三ヵ月前の物だった。最新のは鞄に入れて持ち歩いているらしい。富岡は、丁寧に書かれてはいるがお世辞にも達筆とは言えないゆき子の文字を、最後の頁から舐めるように遡っていった。

五

聞き覚えのあるエンジン音に納戸の窓を開けると、友人から譲り受けたという、上から見るとチャバネゴキブリそっくりのゆき子の車が、満開の桜の木の下のいつもの場所に下手な駐車を終えるところだった。車の後部座席から降りて来ようとするもう一人の人間の影をリアグラス越しに確認した途端、大慌てで日記を振り回して煙を窓から掻き出し、彼女が玄関扉を開けるまでの間に全ての部屋を原状に復して灯りを消し、寝室の押入れの中に転がり込むのが富岡には精一杯だった。

暗闇の中で息を殺していると、エレベーターのドアの開く乱暴な音が壁伝いに響いた。鍵の回る音に続いて玄関扉が開き、風が起こって押入れの襖がガタついた。ゆき子が点けたであろうリビングダイニングの灯りが、襖の隙間から一本の筋となって射し込んでくる。忙しない衣擦れの音に続いてソファの革が軋む音は、確実にそこに二人の人間が存在することを物語っていて富岡の頭は沸騰した。

間違いなく男を連れ込んできた。

ゆき子の日記には富岡に対する真っ直ぐな思いと共に、自らの境遇に対する不満や苦しみが溢れ返っていた。彼の知らない男の名も何人か記されていて「富岡さんにはないものがある」とか「富岡さんとはまったく違う」などと書かれてあった。その中の誰かが今ここに居る。そして、ゆき子と一緒にソファに腰を下ろしているのだ。これから起こるであろう淫靡《いんび》な展開を想像するだけで、彼は言い知れぬ興奮と嫉妬と勝利感に圧倒され、喉がカラカラになった。

突然「何してるの！」というゆき子の声が響いた。富岡は仰天した。部屋の中に煙草臭さが残っていたに違いない。隠れていることがばれている。すると「勝手に触らないでよね！」という声が続いた。違う。男だ。男がゆき子の体に触れたのだ。忽ち心臓の鼓動が小太鼓のように連打した。富岡は襖の隙間に顔を押し付けた。何も見えなかったが、リビングのソファにいる男女の息遣いのようなものは確かに感じる。男は今、ゆき子の玉子豆腐のように柔らかな乳房を手に取っているのか。ソファの前の壁には、フォトウエディングのA３判の額が飾ってある。その写真の前で一刻も早くゆき子を裸にすればよいのだ。ゆき子は拒み切れない筈だ。一体どのタイミングで踏み込むべきか。勿論逃げも隠れも出来ないように、二人揃って全裸になってからがいいに決まっている。出来れば男が挿入している真っ最中を狙いたい。しかしそうすると「どうしてもっと早く姿を現さなかったのよ変態」とゆき子が理屈に合わない反論をしてくる可能性があった。しかしそんな御託は絶対に言わせない。一言でも発する前に、口も利けないぐらい叩きのめしてやる。その前に、男の股間を蹴り上げてマンションの外に放り出さねば。そんなことが自分に出来るだろうか。出来るとも。相手は裸なのだ。ゆき子と別れるのに、これ以上のシチュエーションが他に考えられるだろうか。富岡は暗闇の中で精一杯両目をひん剝いた。

気が付くと、恐ろしい程静かになっている。

じっと息を殺した。恐らく二人は、声も出ないぐらい濃厚なキスをしている。富岡は、普通でないのはゆき子ではなく自分の方かも知れないと思った。興奮に耐え切れず、そっと押入れの襖に隙間を開けると、ソファの背凭れが見えた。背凭れからは二つの頭が夫々半分ずつ見えていた。その頭は互いに可能な限り離れていた。

するとと声がした。

「あなたの方が先に来てたのね。隠れてないで出て来なさいよ」

それはゆき子の声ではなかった。

「あなた、この女と結婚式を挙げたの?!」妻の声には、小馬鹿にしたような笑いが含まれていた。フォトウエディングの写真の中の自分の馬鹿面が、富岡の頭の中一杯に広がった。

「私、この女に招待されてここに来たのよ。さあ、話し合いましょうか」

ゆき子は本当に、普通という事が分からない苦悩プレイヤーだったらしい。行き場を失った富岡は押入れの床に、周囲の闇より遥かに濃い真っ黒で底知れない穴が口を開くのを見た。それは全く何も無い空間で、頼りなく、無慈悲で、ふざけているようでいて大真面目に深刻で、のっぺりとして、堪らなく恐ろしかった。彼はその穴へ頭から飛び込んで消え入ろうと思った。ソファに腰掛けた二人の女は、押入れの中で富岡の額が床にぶつかるゴンという音を聞いたが特に反応は示さず、ただじっと目の前の壁を眺めながら、延々と深い溜息のような呼吸を繰り返していた。

美しい二人

一

「最近、近所に不審者が出るらしい」

浅野哲夫は、ベッドに腰掛けている妻の秋代に言った。

「そうですかっ」と答えた秋代の「かっ」という言い方に、若い頃の名残りがあった。

互いに二十歳の時、二人は事故に遭うようにして知り合った。

「君、笑うとほっぺが膨らんで可愛いね」

「そうですかっ」

「ああ、そうだよ」

「ふふっ」

あの頃から六十年の歳月が流れた。

秋代は最近になって顔面が崩れ始めた。鑿《のみ》で押し込んだように両頬が陥没して深い罅《ひび》が刻まれ、赤紫色に変色している。問い質《ただ》すと、哲夫と知り合う前、看護婦だった姉に勧められて豊頬のために注射したオルガノーゲンが今頃になって悪さをし始めたのだろうと言う。

「それは初めて聞くな」

「黙っていたんです」

「目もそのせいかな」

「さあ」

他人事のように言うのである。オルガノーゲンは美容整形の注入剤として一時流行ったが、その後失明者も出たりして有害性が問題になった。秋代は緑内障で、特に左目の真ん中の視野が失われつつある。脊柱管狭窄症、高血圧、心房細動、心不全があり、元来歩くことが好きだったが、今は籠付きの歩行車を押して哲夫と一緒に近所のスーパー「おりぐっちん」に買い物に行ったり、せいぜいが体調の良い時に少し無理をしてでも行きたいあの植物園跡まで足を延ばすぐらいで、余り積極的に外出しなくなっている。突然疲れが出るようで、一日に何度もベッドに横になる。

「雨も上がって今夜は満月だ。自治会の夜回りに加わることにしたよ」

「夜回りですかっ」

「ああ」

「そうですかっ」

秋代がゆっくりと体を倒していく。午後の西陽が、カーテンの花柄模様を透かして部屋の中を明るくしている。秋代は突然頭の中にガスが詰まったようになり、抵抗出来ない気だるさに襲われるらしい。似たような症状は哲夫にもあった。特に昼下がりのこの時間帯は、落とし穴に落ちるような不意の眠気に気が遠くなることがある。秋代の横で一緒に寝てしまいたかったが、そうすると今度は夜に寝付けなくなる。そして何より、昼間から夫婦二人で寄り添って寝るのは心中するようで嫌だった。

「散歩に行ってくる」

「行ってらっしゃい」

部屋を出ようとしてふと振り返ると、秋代がベッドに肘を立てて上体を起こし、こちらをじっと見ている。

「何だ？」

「どこに行くんです？」

「散歩だよ」

「さん……」

「散歩」

「そうですかっ」

糸が切れたようにベッドに倒れ込んだ秋代を暫く眺めてから、哲夫は家を出た。

秋代は少し呆けてきている。お互いに、もうそういう歳なのだ。

九月に入って漸く暑さが緩み、朝夕が涼しくなってきた。町のあちこちから秋祭りの鳴り物の音が聞こえ、家々にぶら下がった人型の護符の束が風に揺れるようになると、ヨモギやブタクサの花粉が飛ぶ季節である。春も秋も花粉症とは無縁の哲夫は、マスクをして目を赤くしている人を見ると気の毒に思う。彼は八十歳の今もたまに煙草を吸い、それが花粉症にならない秘訣だと思っている。秋代はこの時期外に出るとくしゃみを連発し、決まって尿漏れパッドに失禁する。

家の近所は車の通れない狭い路地が入り組んでいて、近年頓に空き家が目に付くようになった。道路の幅が足りず建て替えが出来ないため、放置されて荒れ放題になっている。この一帯の殆どの家は大家である加納家の所有で、哲夫夫婦も含めてこの辺りの住人の殆どが加納家の店子であった。加納家は、土塀に囲まれた何百坪もの敷地の屋敷に住んでいる。敷地には鬱蒼とした森があり、蔵は市の文化遺産に指定されている。去年の台風で多くの家の屋根瓦が吹き飛び、哲夫の家も二十枚ぐらい落ちたが、加納家は何の手も打とうとしない。

「瓦が何枚か落ちたんだが」

台風の後たまたま道で出会った時、加納家の主人の娘にそう言うと、初老の彼女は一瞬顔を青くした。

「こちらで適当に修理させて貰っていいですかな」

すると彼女の顔に血の気が戻った。

「はい、そうして頂ければ本当に助かります」

加納家の家賃収入は全て莫大な固定資産税の支払いに消えることを、店子は皆承知している。台風で一部倒壊した自分の屋敷の土塀すら、ブルーシートとタイガーロープで応急処置した状態でこの一年間ずっとほったらかしにしていた。六十年前にも大きな台風が来て、土塀の同じ場所が崩れた。その時と同じように、外から簡単に屋敷の敷地内に入る事が出来る格好だったが、家の中は火の車で、とてもそれどころではないといった様子である。

もし店子の屋根を全部修理するとなれば、それだけで恐ろしいほどの金が掛かるだろう。中には強引に修理を迫る店子もいるに違いなく、ずっと電話の音にビクビクするような生活を送っているのかも知れなかった。分限者というのも考え物だ、つましい年金暮らしの方がまだましだと哲夫は思う。歳を取ると自分の体の管理だけで精一杯で、とても財産の管理まで手が回らない。哲夫の家は幸い雨漏りもせず、加納の娘にはああは言ったものの、実際は落ちた瓦を片付けただけで屋根の修理などまるでしていない。そんな家はそこここにあり、せいぜいブルーシートを掛ける程度で済ませている所帯が殆どであった。店子は皆この先何年生きるか心許ない老人ばかりで、誰も無駄金を使う気などないのだ。

こんな老人しかいない地域に、変質者が出るという。何が狙いなのか分からない。ひょっとすると最近頻繁に出没するアライグマ同様、どこかの廃屋に潜んでいるのかも知れないと思う。アライグマは溝や暗渠を通路にして廃屋から廃屋へと移動しているらしく、哲夫も何度か遭遇したことがあった。近くで見ると、想像していたよりもずっと大きい。実際凶暴な動物で、病原菌も持っているらしい。アライグマは捕獲して役所に持っていけば一頭二千五百円で引き取ってくれると聞くが、変質者は金にはなるまい。廃屋の便所の汲み取り口の蓋が外れてポッカリと口を開けていて、中の暗い穴が丸見えになっている。その便槽の中に変質者の顔が一瞬見えたような気がした。

気が付くといつもの散歩コースである県道沿いの歩道を、山手に向かっていた。カラオケやコンビニがあり、高架の向こうには、古い銭湯を改装したスーパー銭湯の看板が見える。高台に建つ十一階建てのマンションの向こうには、例の朽ちた植物園があった。腕時計を見ると午後三時半で、哲夫はポケットから財布を取り出して中身を確認すると、「風呂でも浴びるか」と呟いて高架下の側道へと入って行った。

二

昼間の銭湯は餓鬼老人ばかりだ、と若者は思った。

天窓からの陽を浴びた湯気が細かな光の粒となって渦を巻き、右へ左へと流れて行くその中に、亡者のような老人達の姿が朧な影となって蠢《うごめ》いている。

鳩尾からぽっこりと腹が出た老人、尻の肉が削げ落ち、湯船から出る時に肛門が丸見えになる老人、湯屋全体に響き渡る声で痰を吐く老人、湯船の中で皮膚病の足を平然と掻き毟る老人、粗相した便をそっと排水口に流す老人。

若者は湯船の隅で顎まで湯に浸かり、この地獄の光景をじっと眺めていた。上を仰ぐと天窓から射し入る光は恰《あたか》も阿弥陀如来の来迎図を思わせたが、天井は驚くほど高く、ここにいる誰一人としてその天上世界へと引き上げて貰える功徳者はいないだろうと思うと哀れを覚えた。

彼は湯の中から右腕を上げ、天窓の光に翳した。光の粒に包まれた自分の腕は、表を向けても裏を向けても光沢を帯びて艶々と輝き、若い女の腕よりも遥かに艶かしいと思った。手指はほっそりと長く、形の良い透明な爪の下に健康的な血潮が桜色に透けて見えている。若者は左手で自分の肩と胸を撫で、誰にも気付かれないようにその手をそっと股間に置いた。自分が男でも女でもなく何かそれ以上のものになったような気がして、それは恐らく天上の世界からこの地獄を見下ろしている阿弥陀如来そのものなのだと夢想した。すると一物が膨らんで鰹節のように固くなり、どこからともなく金属的な音の連なりが聞こえてきて、それは子供がおもちゃのじょうろで蛇口を叩く音に過ぎなかったが、彼はこれこそ天上の音楽であり、あの台風の日に土砂降りの雨の中、加納家の土塀が崩れるのを眺めながら覚えた激しい衝動に、今夜こそ自らの意思で屈服しようと心に決めた。

ふと見ると、椅子に腰を下ろした一人の老人が手拭いで背中を擦りながら、鏡越しに彼の顔をじっと見ていた。少しでも鏡が曇る度に小まめに掌で拭っては、眉間に皺を寄せて鏡の中の若者の像に目を凝らすのである。若者は今までに何度も、これと同じ種類の、欲望と敵意とが混ざり合った視線を経験してきた。彼は自然な風を装って、ゆっくりと立ち上がった。肩から胸、鳩尾から腹へと徐々に湯の中から出していき、まだ少し膨らみの残る股間も丸々晒してその場に仁王立ちになると、縁を跨いで湯船から出て、床のタイルをペタペタと踏み締めて数歩歩き、老人から二つ隔たった椅子に腰を下ろした。この一連の動きの間、老人の目はまるで小魚を狙うサギのように獲物を捕らえて放さなかった。そして老人は、最早遠慮を打ち捨てて首を長く伸ばし、口をへの字に曲げて生身の彼の裸体をまじまじと覗き込んでいる。自分の裸体に人を強く惹き付ける魅力が備わっていること、それは相手の性別や年齢を超えてどんな人間にも訴え掛ける絶対の美しさであることを、若者は一層強く確信した。彼は調子に乗って、石鹼を付けた手で自分の鰹節を握って老人の方に向けて大きく股を開いてみた。すると老人は即座に顔色を変え、咄嗟に桶の中に洗面道具を投げ入れるとドン、ドンと踵を鳴らしながら立ち去って行った。若者は鏡の中の自分の顔に向かって苦笑いした。免疫がなく不慣れな人間に限って、圧倒的な美を前にすると突然の憤怒に駆られることが少なくない。そういう場面を寧ろ愉しむような暗い衝動が、この若者にはあった。

三

家に戻ると玄関に置いてある筈の歩行車がなく、寝室のベッドは蛻《もぬけ》の殻だった。秋代は一人で買い物に出掛けたらしい。玄関扉を施錠していく程度には頭がはっきりしていたようだが、放っておくわけにはいかない。入浴と長い散歩で疲れ果て、少し横になりたかったがそうもいかなかった。哲夫は家を出て、いつも二人で行くスーパーマーケット「おりぐっちん」を目指した。

陽は傾きつつあり、歩道の向こうから部活を終えたジャージ姿の中学生達が大声で話をしながら歩いて来た。擦れ違いざまに、一人の女子が提げたテニスラケットの袋が哲夫の腕に当たって大きく跳ねたが、その女の子は哲夫を振り向きもしなかった。

「おりぐっちん」の駐車場は、夕方の買い物客でほぼ満車に近い。出入りする車の排気ガスが漂ってきて、哲夫は息を止めた。「おりぐっちん」の入り口では、携帯電話で喋りながら店から出てきたサングラスを掛けた法被姿の痩せた男が急に立ち止まり、「何を！　そりゃおかしいじゃねえか」と声を張り上げた。その男のお蔭で、出る客も入る客も数秒間立ち往生した。男は「人に迷惑を掛けて只で済むと思ってんのかよ！」と、電話の相手に叫びながら立ち去って行ったが、果たしてその電話が本当に誰かに繋がっていたのかどうかは誰にも分からなかった。手にはやや不釣合いな、御菓子やジュースの入ったレジ袋を提げていた。哲夫は俄に煙草が吸いたくなったが、持ってきていなかった。煙草は、秋代には何十年も前に止めたことになっている。

店内を歩き回ってみたが、秋代の姿はどこにもない。籠も持たずカートも押しておらず、ごった返す店内で度々立ち止まってキョロキョロと周囲を見回す哲夫の存在は他の買い物客にとって障害物でしかなく、何人もの主婦達に敵意の籠もった視線を向けられた。レジカウンターにはいつものグラマーな中年の女店員がいて、客に愛想を振り撒いていた。何より尻が大きく、男好きのするタイプである。ここに来ると哲夫は必ずこの女を一目見るようにしていた。彼同様に彼女を付け狙う暇な老人は何人もいて、そんな亡者連中に哲夫は一方的に殺意を抱いた。

哲夫は結局、サービスカウンターの店員に声を掛けた。

「乳母車を押した妻を捜してるんだが」

対応した店員は、まだ高校生かと思うほど幼い印象の娘だった。華奢な体に比べて頭の鉢が大きく、ニキビ痕の目立つ顔は夏みかんを思わせる。

「店内でお歯黒になったんでしょうか？」

「いや違う」

「ではどこでお歯黒になったんでしょうか？」

すると背後から中年の女の声がした。

「これを宅配便で送りたいんで、用紙貰えませんこと？」

「あ、少々お待ち下さい。ではお客様、店内放送致しますので、こちらの紙にお歯黒になった方のお名前を平仮名でお書き下さい」

哲夫はその店員が「お逸《はぐ》れ」と言っていた事に気付いていても尚、そんな言葉は聞いたことがないと思いながら用紙に「あさのあきよ」と書いた。

「では店内放送致します」

「ちょっと、こっちを先にしてくれない？」

「お客様、少々お待ち下さい」

「用紙をくれたらいいだけのことじゃないのよ」

「順番ですので」

その瞬間、哲夫はこの店員が好きになった。

シロホンが鳴り、マイクに向かって彼女が言った。

「お客様のお呼び出しを申し上げます。あさのあきよ様、あさのあきよ様、いらっしゃいましたら店内サービスカウンターまでお越し下さい。繰り返し、お客様のお呼び出しを申し上げます……」

その声は余りにも滑らかで耳に心地良く、この放送によって秋代がここに来ることは絶対にないと哲夫は確信した。そもそも秋代は補聴器なしには耳がよく聞こえず、しかも外出時には大概外している。レターケースから宅配便の用紙を取り出す店員に「どうも」と礼を言い、「何の為に放送を頼んだのよあの人」という中年女の声を背中に浴びながら哲夫は店を出た。

ふと、秋代は死んだのではないかという気がしたが、それならばどこからか連絡が入るだろうと思い、ジャケットのポケットを探ると携帯電話がなかった。スーパー銭湯に忘れてきたのではあるまいなと思い、思い出そうとしてみたが、記憶の器は店内放送の声のようにツルリとしていて何の手掛かりもない。

家に戻り、台所の換気扇の下で煙草を一本吸うと心臓がバクバクした。ふと見ると、テーブルの上の御菓子の缶の中にガラクタに混じって携帯電話が入っていたが、それは秋代の物だった。これで自分の携帯電話に電話すれば家のどこかで呼び出し音が鳴るかも知れないと思い、開いてみたが電源が入らない。充電が切れていた。そして哲夫は数年前、掛かり付けの漢方医から携帯電話の電磁波が脳細胞を壊すという話を聞き、脳腫瘍になるのを恐れて携帯電話の契約を解除した事を思い出した。すると呼び出し音が鳴った。台所から出て、音のする書斎へと入って行くと、机の上に置いた彼の携帯電話が振動しながらゆっくりと回転していた。

「もしもし」

「あ、浅野様の携帯電話でよろしかったでしょうか?」

「そうですが」

「今お時間よろしいでしょうか？」

「ええ」

「実はですね。不動産投資に関する大変お得な商品が……」

哲夫は黙って携帯電話を閉じると、一旦は契約解除したもののいざという時のために必要だということで再契約していたことを思い出した。すると突然頭がクラクラッとして目の焦点が合わなくなった。哲夫は書斎の簡易ソファの上に体を横たえるや、瞬く間にいつもの仄暗い落とし穴へと落ちていった。


物音に気付いて目を覚ますと書斎の中は真っ暗で、灯りを点けると午後八時を回っている。起き上がって台所に行くと、ＩＨクッキングヒーターの前に秋代が立っていた。

「戻ってたのか」

「ええ」

秋代の前には鍋が置いてあったが、料理をしているのではなく、ただ立っているのだった。何かを買ってきた気配もない。

「買い物に行っていたのか？」

「いいえ」

「パッドは取り替えなくていいのか？」

「はい」

「晩御飯でも作るか」

「はい」

哲夫は、ガラクタの缶の中に煙草の箱を見付けると、そっと取ってジャケットのポケットに仕舞った。こんな所にいつの間に置いていたのだろうか。そして御飯のパックを電子レンジの中に入れ、秋代を脇へ追い遣ると、水を張った鍋をＩＨクッキングヒーターの上に置いてスイッチを入れた。味噌汁でも作ろうと思い冷蔵庫を開けると、またしても、買った筈の野菜や冷凍肉の一部がなくなっている。椅子に腰を下ろして、深々と頭を下げている秋代に哲夫は言った。

「また勝手に食べたのか？」

「さあ」

「今夜は夜回りだからな」

「そうですかっ」

テーブルに突っ伏して長い息を吐く秋代を、哲夫は繁々と見た。

まだ一人で勝手に外出が出来るのである。

四

若者は、夜空を見上げながら満月に導かれるように歩いた。街灯の殆どない町の輪郭を、月明りが仄かに浮かび上がらせている。やがて目の前に、黒々とした大きな屋敷が現れた。長い土塀に囲まれた広大な敷地によって、周囲を圧している。彼は土塀に沿って歩いた。台風による雨風で土塀の一部が崩れていて、若者はその前に立って敷地の中を覗き込んだ。若い雑木が疎らに生え、枝葉を通して月明りが土の上に点々と落ちている。彼は敷地の中に足を踏み入れ、斑な光を体に浴びた。湿り気を帯びた土が、足裏にひやりとした。若者は自分の鰹節を月明りの下に差し出した。赤黒い筈の鰹節が漂白したように生白く見えた。彼は両腕を高々と掲げ、土の上に爪先立ちになってクルクルと回った。若者を中心に全世界が回転し始めた。眼前に広がる走馬灯のような景色が驚くほど美しい。その美の中心に彼がいるのだった。彼の鰹節は阿弥陀如来の光明の如く全方位に向けられた。

と、若者は走馬灯の中に、著しく人工的な光を認めて慌てて足を止めた。それと同時に誰かが叫ぶ声を聞いた。若者は咄嗟に屋敷の雑木林の奥へと逃げ込んだ。聖なる月光とは対照的な卑俗な光の筋が、複数の足音と共に追い掛けて来た。湿った土に足がめり込んで上手く走れない。沢山の枝や蔓によって裸の皮膚が傷付かないよう、極力体を細くして棒のようになって逃げた。雑木の間隔が密になっていき、全裸の若者は逃げる方向を間違えたことに気付いて臍《ほぞ》を噛んだ。そして彼は地面に両膝を突いて天を仰いだ。

「あんた何やってんだ」と声がした。

若者は自分の体を彼らの光に晒し、自分が美の体現者であり、これが特別の儀式であることを示そうとした。しかし懐中電灯の光は余りに世俗的過ぎて、若者の体の神秘を映し出すどころか、薄汚く貧しい裸を闇の中に浮かび上がらせただけだった。

「服はどこだ?」別の誰かが訊いた。

若者は彼らに囲まれながら、全裸のまま彼らを一軒の廃屋へと導いた。

玄関の鴨居に、茶色く変色した秋祭りの古い護符が一枚、丸まってぶら下がっている。固い引き戸を開いた途端、大きな音と共に複数の黒い影が家の奥へと猛然と走り去った。

「何だ!」

「アライグマだ!」人々が叫んだ。

若者は隠していた服と靴とを身に付けると、彼らの手によって家まで送り届けられた。

ベッドに横になっていた秋代は気配に気付いて首を擡《もた》げると、耳に補聴器を捩じ込んで聞き耳を立てた。

「奥さん、特大のアライグマを捕まえてきました」という声がして、何人かの笑ったような声がそれに続き、やがて静かになった。

秋代はベッドから降りて玄関に行き、板間にぐったりとうつ伏せになっている夫の姿を見た。哲夫は息をしていないように見えた。

「どうしました？」

「何でもない」

「疲れたんですか？」

「少しな。もういいから寝ろ」

「そうですかっ」

秋代はベッドに戻り、体を横たえた。暫くすると風呂場からシャワーの音が聞こえたので、補聴器を外した。哲夫が、足に付いた泥を洗い落としているのだろうと思った。

五

夜中に、娘はこっそり家を出た。噂を確かめたいという気持ちがあった。その若者は、毎晩のように姿を現すらしかった。危険であり、嫁入り前の娘のすることではないと思ったが、自分でもよく分からない衝動に衝き動かされ、抵抗することが出来なかった。何人もの男を袖にして恨みを買った末に、大切な縁談が父の突然の死と彼女自身の悪い噂とで流れてしまったことで、頭も体も壊れてしまったのかも知れなかった。もし噂通りであれば、思い切った行動に出てもよいという狂気じみた覚悟も出来ていた。

加納邸の崩れた土塀を覗き込むと、果たして闇の中に何かが動く気配があった。盛んに枯葉を踏む音がする。月明りの中に、四肢のすらりと伸びた白い体が一瞬過ぎって闇の中に消えるのを彼女は見た。カモシカのような脚と尻だった。若者は何度も月明りの中を行ったり来たり、クルクルと回ったりして延々と踊り続けている。噂以上の端整な顔立ちと柔らかな髪、長い首、真っ白な背中、繊細な指先。娘は恐れを忘れて若者に近付いた。若者は娘に気付いて動きを止めた。裸の胸を膨らませて大きく息をしている。この美しさに張り合いたいという気持ちが湧いて、裸になってしまいたいという衝動が突き上げたが、さすがに自分から脱ぐのは憚られた。若者の下半身を直視出来ず、真っ直ぐ顔だけを凝視した。すると彼が笑い掛けてきたので、娘は笑みを返した。

「君、笑うとほっぺが膨らんで可愛いね」

「そうですかっ」

「ああ、そうだよ」

「ふふっ」

若者は娘の手を取った。そして二人は踊った。忽ち体が熱くなり、「君も服を脱ぎたまえ」と言われるままにワンピースを脱いだ。予めそうするつもりで、下着は身に付けていなかった。彼女は靴も脱ぎ捨てた。こんなに美しい男女はいないと思い、月にまで舞い上がった気がした。

　気が付くと、土塀の外に沢山の頭が葡萄の房のように密集していたので息が止まった。無言の非難の視線が二人の裸を射抜いて蜂の巣にしていた。娘は羞恥と恐ろしさに気絶しそうになった。しかし若者が耳元で「続けて」と囁き、しっかりと彼女の腰を支えたので、縺《もつ》れそうになる足を懸命に動かして踊り続けた。彼女は月を見上げ、月を宿した若者の瞳を見詰めた。すると出し抜けに、体の深部から力が溢れ出てきた。その時不意に彼女は、誰も自分達に手出し出来ないのだということが分かった。忌むべき存在としての姿が反転して、この世ならざる聖なるヴェールが二人の裸体を包み、人々を畏れさせ、釘付けにしているに違いなかった。この瞬間は永遠だった。このまま死んでもいいと思った。すると不意に頭の中がガスで充満し、目の前が真っ暗になった。

六

　倒れた秋代に人々が駆け寄り、老婆達がワンピースを着せた。そして彼女は気絶した状態のまま、老人達の手によって家まで運ばれた。踊り疲れてぐったりした哲夫も又、老人達の肩を借りてやっとのことで家に辿り着いた。当時を知る人々は、口々に「あれから丁度六十年になる」「あの時の二人は神憑《かみがか》ったようだった」などと言い合った。人々は昔、何かに取り憑かれたように毎夜裸踊りをする哲夫と、そんな哲夫に魅入られた秋代とを挙《こぞ》って難詰したが、その一方でこの若い二人の目の覚めるような裸体が忘れられず、夫々の褥《しとね》にその残像を持ち込んでは自分達の営みを激しく燃え上がらせ、ボロボロと子を産んだという過去を共有していた。

老人達が二人を連れて立ち去った後、加納老人が娘に言った。

「土塀が崩れたからだ」

「何が？」

「台風で土塀が崩れたからだ」

「何の話？」

「丁度お前が生まれる前の年に、今と同じ場所が崩れたのだ」

「台風で？」

「そうだ。どんなに塗り固めても弱い場所はどうあっても弱いのだ」

加納の娘はふと、ひと月ほど前に道端で浅野哲夫に話し掛けられたことを思い出した。浅野哲夫は、台風で落ちた屋根瓦は大家の負担で修理するのが常識だとしつこく迫り、怒声と共に彼女に向かって拳を振り上げた。加納の娘は店子からのクレームには馴れっこだったので、「契約書をちゃんとお読み下さい」と返しただけでその場から立ち去った。しかし後に、正式に契約しているわけでもなく家賃も払っていない浅野哲夫に対して、自分の対応は間違っていたかも知れないと思った。同時に彼女は、あんなに激昂した浅野哲夫は初めて見たと思い、痴呆の進行を疑った。

「どうして二人は裸で踊っていたの？」

「一周回って戻って来たのだ」

「どういうこと？」

「箍《たが》が緩んで、弱みが噴き出したのだ」

「分からないわ」

「あれも秋祭りの頃だった。六十年前の裸踊りは不埒千万で、わしらは散々二人を詰り倒したのだ。全裸の二人は、抱き合って震え上がっていた。しかし責める程に二人の裸はわしらの言葉を弾き返して光り輝き、その美しさは恐ろしいほどだった。やがて彼らは、わしらの責めから逃れるように踊る場所を度々変えるようになった。その時点ですっかり彼らの美に取り憑かれていたわしらは、二人に他の場所で踊られることが許せなくなっていた。植物園で踊る彼らを見付けた時、誰からともなく、こんな恐ろしい儀式は破壊しなくてはいかんと言い出した。皆その考えに頷いて力ずくで連れ帰り、二度と踊れないように二人の体にきつい箍を嵌め、その結果彼らも自らの欲望を塗り込めたのだ。結局干支を一巡してみて、自分達が塗り固めてしまったあの快楽こそが、人生の頂点だったことに気が付いたのだろう。自分達が最も輝いた瞬間を、人生の終わりに味わい直そうと望むのは自然なことだ」

「私にはそんな瞬間なんてないわ」

「わしにもない。だから二人は特別なのだ」

「そんなに綺麗だったの」

「阿弥陀如来の交合図さながらだった」

「あ」

市の文化遺産に指定されているその絵巻物を、彼女は一度だけ父に見せられたことがあった。生涯を独身で通すと宣言した時、父に蔵の中へと引き摺り込まれたのである。見た瞬間下腹が燃えるように熱くなり、走り出しそうになったのをはっきりと覚えている。こんな家に婿入りする男は誰もおらず、大家としての激務に身を捧げるために独身を通してきた彼女は、父を恨みながら複数の男と関係を持った。父と幼馴染みだった浅野哲夫は、幼い頃にこの図を見たことがあったに違いない。性別のない阿弥陀如来の交合図など、人間を狂わせるために創られた呪いの絵巻に違いなかった。

七

数日後に、町会の役員が浅野家を訪れた。

「哲夫さん、調子はどうですか」と言いながら、役員が封筒を差し出した。哲夫は黙って受け取り、指に唾をしてゆっくりと中の札を数え終えると「悪くないです」と神妙に答えた。

役員が帰ると、哲夫は秋代に言った。

「年金が入ったよ」

秋代は何も答えず、首や腕を掻き毟っている。

「体を拭いてやろう」

哲夫はベッドに座った秋代のスウェットの上着を脱がし、濡れタオルで背中を拭った。彼女の背中には六十年前に刻まれた大小の渓谷や山脈があり、拭身《しきしん》には一定のコツが要る。同じ地形は、哲夫の背中にも刻まれていた。月の妖力によって狂った人々が、二人を長期間幽閉し打擲《ちょうちゃく》した痕跡だった。二人は頭がおかしくなったか、少なくともそのように振舞わなければ命が危ないと判断して懸命にその役を演じた。素に戻った人々は、目の前に転がる、どう見ても普通ではない醜い肉塊を見て良心を痛め、二人に所帯を持たせ、年金を与える決定をした。

「気持ちいいか？」

「はい」

加齢と共に、もう何十年も前から演技の必用はなくなっている。歳を取ると、正常も異常も一つに溶け合って区別が付かなくなる。それは近隣住人も同じだった。

哲夫が書斎の簡易ソファの上で奇妙な夢から覚めると、玄関で音がしていた。起き上がって様子を窺いに行くと、玄関の引き戸の磨りガラスを透して、どこかへ歩行車を押して行く秋代のぼんやりした後ろ姿が見えた。淫夢の続きのように胸の中に幾つもの疑念が湧き起こり、湧いた先から小便の泡のように消えていく。

哲夫は外に出ると、そっと秋代の後を付けた。

秋代の足取りに迷いは感じられず、はっきりした目的を持っていることが知れた。しかしずっと隠れるようにして生きてきた彼女に、会いに行くべき人間などいるのだろうか。六十年連れ添って尚妻の全てを知らない自分に、頭がクラクラした。砂利石を無数に銜《くわ》え込んだセメントの路地を、思った方向に進まない歩行車を力強く押しながら秋代は進んで行く。

やがて秋代は一軒の廃屋の前で立ち止まった。哲夫は秋代がそこに行き着くことを知っていた気がした。秋代が、錆びた門を開けて中に入って行く。秋代がここで何をするのかと考えると空恐ろしくなった。もうこんなことは一度切りで止めようと、数日前に話し合ったばかりではないか。矢張り自分達はどこか頭がおかしいままなのだろうか。

引き戸を抉じ開けた秋代が、玄関に歩行車を引っ張り込んだ途端、鴨居からぶら下がっていた護符がハラリと落ち、家の中からドン、ドンという鈍い音が聞こえた。彼は仰天して中を覗き込んだ。

玄関土間に佇んだ秋代は、歩行車のバッグから取り出したリンゴを、彼が以前脱いだ服を置いていた和室に向かって放り投げていた。リンゴは朽ちた畳の上を転がって、そこへ三頭のアライグマが突進して来て奪い合いを始めた。秋代は更に人参を投げ付けた。その人参を横っ腹に受けた一頭のアライグマが、こちらを向いて鼻に皺を寄せた。人間に懐いている様子は全くない。凶暴さを剝き出しにするアライグマに哲夫は怯んだが、秋代は平然としていた。アライグマは動物の肉も食べる。この三頭は家族だろうか。その内に増え過ぎたアライグマが住人を襲うことがあるかも知れない。

「お前、餌付けしてるのか?」

そう訊くと、秋代は振り向きもせずに叫んだ。

「分かりません!」

「一体、何をしてるんだ?」

哲夫は秋代の後ろ姿を見詰めながら、この六十年間自分達は一体何をしてきたのかと自問した。これほど巨大な無為な日々があるだろうか。

「分かりません!」と秋代がまた叫んだ。

「確かに分からん。しかし今となっては、他の連中も同じようなもんだ」

秋代がスッと背筋を伸ばして言った。

「そうですかっ」

この時哲夫は、秋代が補聴器をしていないことに気付いた。

「俺達は頭がおかしいんだ」と彼は呟いた。

すると突然秋代が振り向いて「ええ、そうね」と言った。

哲夫はその顔を見て驚いた。頬がこれまで以上に深く陥没し、顔全体が苦痛に歪んでいる。それは恰も、地獄の獄卒によって鑿を激しく揉み込まれているかのようで、もしそれが嘗て美を驕ったことへの劫罰であるならば、如何にこの身が阿弥陀如来であろうとも救うことは出来ないと思った。

堆肥男

一

　折口山駅の改札を出ると、小降りの雨が降っていた。鞄の中の折り畳み傘を差すのも億劫で、しかし雨には何か有害な物質が溶け込んでいる気がして、春日武雄は駅の駐輪場から自転車を引っ張り出すとアパートに向かって力一杯ペダルを漕いだ。

　県道沿いの歩道で、彼の自転車と、傘を差して犬を散歩させている老婆とが接触しそうになった。老婆は「ひっ」と声を上げて百パーセントの被害者面をした。しかしリードを目一杯伸ばして歩道を占領し、不透明の傘で視界を遮って歩いていたのは老婆の方である。春日武雄は「ちっ」と舌打ちして、老犬と老婆をやり過ごした。

　その舌打ちは、会社で机を並べている瀬戸山の真似だった。

　瀬戸山は春日武雄に向かって、特段の理由なく頻繁に舌打ちをする。春からの三ヵ月余りの間に浴びた「ちっ」は恐らく数百回を下るまい。四月の初めに「何で舌打ちをするんですか？」と訊いたことがあった。すると「は？　何が？　は？」と返してきたその顔は、一目見て言葉が通じない人間だと知れた。それ以来何を言っても無駄だと思い無視し続けているが、今日のようにムシムシした梅雨の日に、視界の隅で明らかにこちらを見ながらあからさまに「ちっ」とやられると腹の底でドス黒い蛇が鎌首を擡げた。

勤め先は小さな出版社で、彼らは外回りの取材班が持ち帰ったメモを記事に起こす仕事をしている。瀬戸山は一年先輩だが仕事の出来は恐らく春日武雄の方が上で、それが気に食わないのだろうと思われた。そして、同じ部署の太田ユキを春日武雄に盗られると思っている節もあった。太田ユキの視線が春日武雄を少しでも掠めたと見るや、決まって瀬戸山は「ちっ」を発した。太田ユキは頭が大きく、立ち姿がくるくるキャンディーのような女だった。春日武雄は一度だけ二人で外に御飯を食べに行ったことがあるが、パスタを食べている間中重そうに揺れ続ける頭と、薄い上唇の端に付着したマイクロチップのような玉葱の欠片が気になってしょうがなく、会話は全く弾まなかった。唯一覚えているのは、折口山駅前のスーパー「おりぐっちん」で大学生の妹がアルバイトしているということだけだった。確認に行くとニキビの痕が目立つ女の子がいて、確かに似ていた。瀬戸山にとって太田ユキが最高のマドンナならば一刻も早く二人がくっ付けばよいと思ったが、太田ユキは確か瀬戸山を気持ち悪いと言っていた筈である。そのとばっちりが自分に向けられたのでは堪ったものではなかった。

　春日武雄がアパート「第三めぐみ荘」に着いたのは午後六時半頃で、その時「第一めぐみ荘」の一号室の玄関前に男が二人立っていた。春日武雄はその背後を自転車で通り過ぎた。二人とも畳んだ傘を手に庇の下にいて、肩を濡らしながら一号室の中の誰かと話をしていた。一人は背広姿の背の低い男で、もう一人は早々と秋祭りの法被を着てサングラスを掛けた痩せた男である。「第一めぐみ荘」「第二めぐみ荘」「第三めぐみ荘」は全て同じ構造の建物で、「コ」の字に並んでいる。春日武雄が入居する「第三めぐみ荘」と「第一めぐみ荘」とは向かい合っていて、アパートの脇に自転車を停めて部屋に入る時にチラッと見遣ると、二人の男の間から、「第一めぐみ荘」の中で胡坐をかいている裸の男の姿が覗いた。二人の男に比べてずっとガタイが大きい印象だった。今日入居してきたのだろうか。部屋灯りの下、青い縦縞のトランクス一丁という格好で男達と盛んに喋っている裸男は、自分の住む世界とは違う空気を身に纏っているようで、春日武雄はそっと玄関扉を閉めた。

　部屋の中は昼間の熱でムッとしていた。灯りを点け、タオルで頭と顔を拭いて背広を脱いだ。エアコンを「除湿」「パワフル」に設定する。涼風が吹くまでに時間が掛かり、やっと吹き出した風は黴《かび》臭かった。

「めぐみ荘」には横並びに各六戸の部屋があり、どれもメゾネット型の二階建てで家賃も三万円と安かったが、「第三めぐみ荘」の三号室に春日武雄、「第二めぐみ荘」の六号室に富田林さんという中年女性が入居しているだけで、「第一めぐみ荘」は完全な空き家だった。そこに新たに裸の巨漢が越してきたとすれば、矢張りどんな人間なのか気になった。

台所の窓から外を見ると、傘を広げて男二人が帰って行くところだった。この二人の男も、どことなく堅気の人間には見えない。二人は裸男に笑いながら何か言い放つと、一号室の扉を閉めて立ち去った。春日武雄は扉にへばり付いたまま、夕闇の中のその閉じられた木製の茶色い扉を暫く眺めていた。

雨脚が強くなり、「第一めぐみ荘」の前のコンクリートの地面に細かな飛沫が立った。

その時、一号室の玄関扉がスーッと開いて、立ち上がった裸男が中から姿を現わした。春日武雄は目を凝らした。裸男は矢張り思った通りの恰幅の良さだった。百八十センチは超えているに違いない。腹は鳩尾から迫り出していて肩幅も広い。四十歳ぐらいだろうか、頭髪も黒々としている。すると裸男は、玄関扉を開け放ったままゴロリと畳の上に横になった。そして、仰向けの姿勢でスマートフォンを操作し始めた。その内に裸男は左膝を立て、その上に置いた右足を揺らせてリズムを取り出した。ユーチューブで音楽でも聴いているのか。それ自体は不自然ではなかった。問題は、何故扉が開けっ放しなのかという点だ。夕闇に呑まれた「第一めぐみ荘」一号室の、そこだけ明るく浮き上がった光の長方形。その中に横たわる裸男の寝姿。その体は色白で、雨の紗が掛かり、網戸のくすみも加わってどこか妖艶にさえ見えた。それと同時に、裸男が自分とは違う世界の住人であることが一層明らかになった気がして、春日武雄は曖昧な不安を覚えつつ窓から離れた。

　春日武雄は極力自炊を心掛けている。学生時代を含めて自炊歴は十年近い。昼食は会社で取っている仕出し弁当で済ませていたが、特に夕食には野菜を多く摂るよう心掛けている。しかし料理のレパートリーは多くはなく、この日も前日と同じ、玉葱、ジャガイモ、人参、豚肉を煮込んだ味噌汁と、納豆、御飯というメニューだった。ラジオのニュースを聞きながら玄関横の小さな台所コーナーに立ち、玉葱を切っていると視界の隅に黒いモノが走ったので包丁を持つ手が止まった。その包丁の切っ先を黒いモノの気配のする方へとゆっくりと動かしていくと、やがてそれは冷蔵庫の隅を指して止まった。

　そこには一匹の大きなチャバネゴキブリが、長い触角をゆっくりと揺らしながらじっと身を潜めていた。春日武雄は大きく一つ深呼吸をすると包丁を俎板の上に置き、流しの下から冷凍殺虫スプレーを一本取り出した。スリッパを履いた足を板間の上にそっと滑らせていき、ゴキブリに接近して目一杯腕を伸ばす。そして一気に噴射した。ゴキブリは瞬時に逃げ出し、それを追ってマイナス七十度の冷気を浴びせ続ける。何度か動きが鈍くなったものの、スプレーの圧が急に弱まったりして、右往左往された挙句にまんまと流しと冷蔵庫の隙間に逃げ込まれた。春日武雄は、その隙間の中に執拗に冷気を吹き込んだ。すると突然特大のアシダカグモが飛び出してきて、流しの下の扉にへばり付いた。それはまるで、冷やされたゴキブリが瞬時にアシダカグモに姿を変えたかのようだった。蜘蛛嫌いの春日武雄は身震いし、アシダカグモが姿を消した後も空になるまでスプレーを噴霧し続けた。

夕食は、殺すことが出来なかったゴキブリやアシダカグモの影に怯えながらのものとなった。自分と同じ空間に、六本脚や八本脚の異形の生き物がいることに、春日武雄は耐え難いものを感じた。少々人体に害があっても、矢張り殺虫スプレーの方がよいのだろうかと悩みもした。蚊が一匹いても眠れない質なのである。

夕食後、ビクビクしながらシャワーを浴びた。ノートパソコンで「家の中の虫」を検索し、人間の耳の中に棲み付く蜘蛛や、寝ている間に鼻の中に潜り込んでいたムカデなどといった見たくもない画像ばかりを取り憑かれたように見てしまう。それから時間を掛けて二階の寝室を点検し、寝る前には引き戸の隙間に念入りにティッシュペーパーを詰め、階下から這い上がってきた虫が侵入出来ないようにした。枕元には新品の冷凍スプレーと、いざという時に虫を叩き潰すための新聞紙を置き、蚊取り線香を焚いた。それでも不安でならず、何度も身震いしては目を覚まし、煌々と灯りを点けて枕や敷布団の下を繰り返しチェックした。やっと寝入った頃には、時刻は午前三時を過ぎていた。

翌朝、いつものように目覚まし時計の音で叩き起こされた。出来ればあと三、四時間は眠っていたかった。寝室の窓を開けると雨は上がり、眩しい陽射しが「第一めぐみ荘」の二階の壁に白く反射していた。そして彼は、「第一めぐみ荘」の一号室の玄関扉が全開のままになっているのを見た。一晩中開け放たれていたということだろうか。春日武雄は掌で二の腕を擦りながら、もしそうであれば裸男は間違いなく頭がおかしいと思った。

顔を洗い、ハムエッグとトーストを食べ、コーヒーを飲んだ。ゴキブリとアシダカグモの気配は感じられなかったが、彼の留守中に連中は我が物顔に這い回る筈である。そしてアシダカグモはゴキブリを捕獲して体液を吸うかも知れない。その光景を想像するだけで、恐ろしさに陰嚢が縮み上がった。

玄関を出て自転車に跨り、ペダルを踏んで「第一めぐみ荘」一号室の前まで来た時、彼は開け放たれた扉のノブが紐で二号室のドアノブに繋がれているのを確認した。即ち裸男は、扉が自然に閉まらないように工夫を施していたのである。部屋の灯りは点いたまま昼行灯になっていて、裸男は大の字の姿勢で大きな鼾をかきながら眠っている。ゆっくりと往復する鼾は部屋の外まで響き渡り、途中で不意に途切れたかと思うと、苦しげに再開した。睡眠時無呼吸症候群だろうと思われた。部屋にはミニテーブルが一つ置かれている以外に家具らしき物は何一つ見当たらず、その上には三分の一ほど残ったミネラルウォーターの二リットルボトルが一本置かれていた。春日武雄は自転車に跨ったまま身を乗り出し、部屋の中を更に覗き込んだ。そして部屋の奥の窓も全開になっているのを見た時、彼はこの部屋にエアコンがないことに気付いた。つまり裸男は、部屋の中に夜風を入れるために扉と窓を全開にしていたらしい。それは一見合理的な理由に思えたが、しかしよく考えると矢張り尋常ではなかった。網戸もなしに一晩中扉と窓を開け放ち、しかも灯りを点けっ放しにして寝ていたとなれば、世界中の虫を一手に呼び込んだようなものではないか。恐らくこの一晩で、相当の数の虫が部屋の中に侵入したに違いない。いや、果たして侵入したのは虫だけだろうか。春日武雄はたまに道路を走り抜けるイタチやアライグマ、野良猫などの不潔な動物たちの姿を思い浮かべ、そして盛んに上下する裸男の太鼓腹を凝視した。そしてこれら全てを頭の中から振り払うようにして、ペダルを力一杯踏み込んだ。駅へと向かう間、彼の頭の中に何度も去来したのは、どうして自分は眠い中を仕事場へと向かわなければならないのに、あの裸男は大鼾をかきながらいつまでも寝ていられるのか、という疑問だった。

一体何者なのか。

二

会社に着くと太田ユキの頭が微かに揺れていた。出勤すると、彼女の頭が揺れているかどうかを春日武雄は確かめざるを得ない。それは一種の強迫観念となって彼の心を縛り付け、幾ら目を逸らそうとしても視線は否応なく彼女の頭へと吸い寄せられてしまうのである。その視線を瀬戸山が見逃す筈はなく、春日武雄が席に着くや否やすかさず舌打ちを浴びせてきた。それはいわば朝の挨拶のようなものであったが、この日のように睡眠不足で弱っている時などにやられると、体の芯の部分がグニャリと折れ曲がるようなダメージを覚えた。

机上のトレイには、早くも何枚かのメモが入っている。全国の農村を回っている取材班からのもので、これが一日の内に何度もファックスされてくる。上からの再三の指導にも拘らず清書しないまま送り付けてくる者が多く、原稿起こしの前にまず文字の判読という壁が立ちはだかった。しかし取材内容は農村史、農業従事者の自分史、郷土史、工場史など画一的なものであるため、判読出来ずとも大まかな内容は推理出来た。そういう記事を集めて分厚い豪華本を作り、それを取材先の農家に配本するのがこの会社の主な業務であった。従ってこの仕事を始めてすぐ、原稿の内容にそれほど厳密さは要求されないのではないかと春日武雄は直感した。しかし瀬戸山はこの点で融通が利かず、メモのたった一文字に躓《つまず》いて原稿起こしが滞る場合が少なくなかった。恐らく瀬戸山は色々と要領が悪いために殆ど会社の戦力にはなっておらず、この点での優越感が、春日武雄をして度重なる彼の舌打ち攻撃をやり過ごすための心の支えともなっていた。瀬戸山は遅かれ早かれクビになるだろう。そのタイミングで太田ユキと肉体関係を持つという空想を、春日武雄はもう何度したか分からなかった。そうやって瀬戸山の頭をおかしくさせることで初めて、何百回もの舌打ちに対する報復が果たされたことになるであろう。

この日の午後、春日武雄は谷崎常務のデスクに呼ばれた。ロマンスグレーの髪を瓜のような頭蓋に綺麗に撫で付けた初老の紳士で、製造業の会社から引き抜かれてきたという人格者然とした人物である。

「春日君、仕事の方はどうですか？」

「はい。随分と慣れてきました」

「そうですか」

谷崎常務は机の上に両肘を突き、手を合わせて形の良い指を組んだ。机上には老眼鏡の眼鏡スタンド以外、何も置かれていない。

「明日一度、外回りに同行してきて下さい」

「え？」

「編集部の人には、皆一度は行って貰ってます」そう言って谷崎常務は親指をクルクル回した。

「太田ユキ君も一緒です」

「彼女は二年目ではないんですか？」

「人によって時期はまちまちでね」

「そうですか」

こちらを見てくる谷崎常務の目が、期待に満ちていることを春日武雄は感じた。確かに原稿起こしの速さでは、彼は編集部の誰にも引けを取らないだろう。将来の自分が谷崎常務の姿と重なった。小さな会社であり、出世は意外と早いかも知れない。しかしそれが自分の一番の望みかと問われると違う気がした。

明日は早出になるので夕方四時十五分に早帰りを許され、帰宅途中に自転車でお気に入りの廃園の植物園を回って、アパートには五時頃に戻った。「第一めぐみ荘」一号室の中では、仰向けに寝転がった裸男がスマートフォンを眺めていた。スマートフォンからは、この地域の秋祭りの祭囃子の調べが聞こえていた。この町には余所者の春日武雄には理解出来ない熱狂的な祭り好きが少なくないが、この男もその一人だったのかと思うと、何とも底の知れた感じで拍子抜けした。つまりサングラスの法被男と同類ということか。それにしてもガスタンクを思わせるあの腹の出っ張りは何だ。一体何を食ったらあんな腹になるのか。

自転車を押して「第二めぐみ荘」の前を通り過ぎた時、六号室の台所の窓に富田林さんの顔が見えた。台所仕事に立つ彼女の顔はいつも、汚れた網戸のせいでぼんやりとしか見えない。しかしこの時ばかりは、「第一めぐみ荘」一号室の方を見ているその顔にはっきりとした険しさが見て取れた。裸男は扉を開け放ったまま、日中もずっと寝転がっていたに違いない。富田林さんはとても早起きで、毎日未明から洗濯機を回すのが日課である。そして朝から午後三時頃まで、どこかに働きに出ている。そんな彼女からすると、裸男の怠慢ぶりは許せないに違いなかった。少なくとも、ごくたまに訪ねてくる孫娘達にこんな男の醜態を見せてよい筈がなく、春日武雄同様彼女もこの新参者を歓迎していないことは明らかだった。

その日の夜中、耳の中に突っ込んできてパニックに陥り、狂ったように回転して外耳道から飛び出していった蚊の羽音に起こされて春日武雄は目を覚ました。立ち上がって灯りの紐を引っ張り、天井や壁に蚊を探したが見付からない。蚊取り線香に火を点け、網戸越しに外を見ると、「第一めぐみ荘」の中から煌々と灯りが洩れていた。耳を澄ますと、微風に乗って大きくなったり小さくなったりする微かな祭囃子の音と「あっきゃあっきゃ」という独特の掛け声が聞こえ、春日武雄はギュッと眉を顰《ひそ》めた。一体何時間聞いているのか。幾ら祭り好きとは言え、この執着ぶりは異常だと思われた。裸男が底の知れた単なる祭り好きの男から、一転して底の知れない偏執狂者へと変質した気がした。

今夜も朝まで玄関扉は開け放たれたままだろう。明日も明後日も、ひょっとすると秋になってもそのままかも知れない。冬になったらどうするつもりなのか。春日武雄は、外と内との間の境界そのものを見極めようとするかのように、「第一めぐみ荘」一号室の玄関をじっと見詰めた。その何もない境目には、部屋の中の光の粒と外の闇の粒とが鬩《せめ》ぎ合いながら、盛んに反発したり混じり合ったりしているように見えた。ただ単に四六時中玄関扉を開け放ち、部屋の中で寝転がったまま無為に過ごしているだけの男に、どうしてこんなにも心が掻き乱されるのだろうか。

その時、耳元をブンッと蚊の羽音が過ぎった。

春日武雄は強かに自分の耳を叩き、手応えがないと分かるや両目をひん剝いて部屋中を睨み回した。窓が開いているから蚊取り線香が効かないのかも知れない。

網戸なしに窓や扉を開け放つようなことをして、それで得られるものがあるとすればそれは一体何か。幾ら考えても、虫刺されによる皮膚病や感染症、寄生虫の寄生、害獣による負傷といったマイナスの事柄しか思い浮かばなかった。春日武雄は灯りを点けたまま布団の上に横になり、蚊の羽音なのか祭囃子なのか分からない微かな音を聞きながら眠りに落ちた。

三

翌朝、ローカル線の駅に降り立つと同じホームに太田ユキが、ひん曲がったバス停の標識のような姿勢で立っていた。二両編成の同じ汽車に乗っていたらしい。恐らく向こうは気付いていたのだろうが、春日武雄が眠っていたのでそっとしておいてくれたのだろう。

「お早う。同じ汽車だったんだね」

「ええ」相変わらず頭が不安定で、改めてよく見ると頭の鉢に比べて首が細過ぎるのであった。

「迎えは来てるかな?」

無人駅の改札の箱の中に切符を入れ、駅舎の外に出ると見事に何もない田舎の風景が広がっている。ジュースの自動販売機と公衆電話があったが、両方とも錆び付いていた。

「まだみたいだね」

「ええ」

「困ったな。朝殆ど食べてないんだよな」

すると太田ユキはバッグの中からヌガーを一本取り出し、「どうぞ」と春日武雄に勧めた。食べ終わると酷く喉が渇いたので、太田ユキからミネラルウォーターのペットボトルを受け取り、瀬戸山が見たら二十回は舌打ちをするだろうと思いながら、口を付けずに一口飲んだ。抜き忘れた風呂の湯のように温い水だった。

「有難う」

「いいえ」

取材班の軽自動車が来るまでの十五分ほどの間に、太田ユキと話して一つ分かったことがある。それは彼女が一日に五、六十本の原稿を起こしており、その数は春日武雄より十本以上多いということだった。

「お待たせ。すぐ現場に行くぞ」

やってきた中林という取材班の男の運転は荒く、太田ユキは車のルーフに頭をぶつける度に「ぎゃっ」「ぐっ」と声を上げた。中林は春日武雄と太田ユキに親しげな言葉は一切掛けず、ただ農家の爺さんの言う事を夫々メモするようにと機械的に伝えただけで、あとは盛んに煙草を吸って太田ユキを咳き込ませた。

　訪れた農家は大きな普請で、彼らの仕事は木野子辰吉という九十一歳の老人を取材することだった。木野子辰吉は聞き取りにくい声でポツポツと戦争の話をし始め、それはいつ終わるとも知れなかった。二時間ほど経つと、そこに妻の君江が割り込んできて、この人はそんな立派な手柄は立てなかったとか、その代わりに現地の人にそんなに酷いこともしなかったなどと口を挟んだ。すると木野子辰吉が突然怒り出し、鶏殻のような腕を振り上げて君江の前に骨張った拳を突き出した。君江が「何な、嘘ばっかりこいてからに！」と毒吐くと、木野子辰吉は「何をっ、貴様っ、貴様っ！」と拳を振り回し、やがて口の中から入れ歯が飛び出して板間の上に落ちて固い音を立てると、それを合図に取材は唐突に終わった。

　木野子邸を後にして車に戻ると、中林は軽自動車のボディーに凭れて深々と煙草を吸った。春日武雄はこの時、そう言えば裸男は酒も煙草もやらないと思った。

「お前ら、お互いのメモを見てみろ」

　そう言われ、春日武雄と太田ユキはメモを交換した。太田ユキのメモは一つ一つの字の大きさがまちまちで、新聞の活字を切って貼り付けた脅迫状を思わせた。

「戦場。べんい兵十人を銃殺」

「終戦　上官をぼく殺　れんがで」

「飢えと寒さ　はるぴん」

「熊のようなロシア兵」

「帰国。再会」

これは太田ユキが自分のためだけに記したメモだと思ったが、実は春日武雄のメモも似たり寄ったりだった。

「どうだ？」中林が訊いた。

「ハルピンではなくて、ハルビンだと思います」春日武雄は答えた。

「そんなことはどうでもいい。お前ら、このメモで原稿が起こせるか？」

「難しいと思います」

太田ユキも頷いている。

地面に捨てた吸い殻を踏み潰しながら、中林が話し始めた。

「もう分かったと思うが、俺達が毎日ファックスするメモは単なるメモじゃない。取材される側は語ることに慣れていない。殆ど初めて自分の人生を語る人間も少なくないからな。そんな言葉をただ記録しただけでは、お前らの書いたメモみたいに意味すら通じない代物にしかならない。いいか。俺達取材班の仕事は、取材で得た断片的な言葉から彼らの人生の苦難や悲哀や喜びや祈りの全てを読み取って、彼らに代わって一つの美しい織物を織り上げることなのだ。お前らは、木野子辰吉・君江夫妻の人生の十分の一も理解出来ていない。さっきの一見喧嘩みたいな遣り取りの中にも、七十年以上に亘って二人が紡いできた物語の溢れんばかりの煌めきが隠されているのだ。それを確実に読み取って、一つの清き流れとしてメモする。これが取材班がしている仕事なのだ。分かるか？」

「はい」

「はい」

中林は新しい煙草に火を点けた。

「従って、我々のメモには無駄な言葉が一切ない。確かに荒っぽい字を書く連中もいるが、全ての言葉は選び抜かれている。いわば宝石のような物だ。フーッ」

春日武雄は、これから中林が何を言おうとしているのかの見当が付いた。そしてふと太田ユキを見ると、彼女はただ目を見開いて中林を見詰め、常人より容積が大きいであろうその脳味噌に、中林の言葉を無批判に滲み込ませているのだった。

「お前ら二人は、原稿起こしのスピードが速い。しかし同時にミスも多い。つまり直しが多い分、完成稿は却って遅くなっている。何故だか分かるか？」

「メモに忠実でないから？」春日武雄が答えた。

「そーだっ！」中林はそう言うと、吸った煙を天に向かって吐き出した。

「お前らの原稿は、メモの内容を勝手に省略したり捻じ曲げたりしていることが分かっている。どうしてそんなことをする？　答えなくていい。お前らは勘違いしているのだ。原稿起こしの要諦はスピードではない。正確さだ。瀬戸山は仕事は遅いが、お前らに比べたらずっとメモに忠実だ。あの男の仕事には、人に対する思いが籠もっている。取材される人間と取材する人間とに向けられた、愛だ。編集部にその愛があってこそ、俺達取材班の仕事は報われて、お客さん達も我々の商品に満足してくれるのだ。お前らにその愛はあったか？　どうだ？　胸に手を当ててよく考えてみろ」

洟を啜る汚い音がしたので横を向くと、太田ユキが胸に手を当て顔をクシャクシャにして泣いているのである。

「太田、何も泣くことはない。今後、愛を胸に仕事に向かえばよいのだ。春日も分かったか？」

「はい」

「よし、昼飯を食いに行こう」

中林は軽自動車で三駅離れた店へ行き、田舎蕎麦を御馳走してくれた。食べると、太田ユキの顔が俄然明るさを帯びた。太田ユキは明日から仕事への姿勢を改めると同時に、瀬戸山に対する態度を一変させ、恐らく遠からず瀬戸山の恋人になるだろう。谷崎常務から仕事のポイントを履き違えた若い二人の再教育を命じられた中林の顔は、その任を無事果たし終えた満足感に溢れていた。春日武雄は、もし太田ユキがこの場におらず自分一人だったなら、中林をここまで満足させることは出来なかっただろうと考えて肝を冷やした。太田ユキは今日を境に生まれ変わるかも知れないが、春日武雄の中では何も変わっていなかった。中林の言葉の端々に胡散臭いものを感じ、寧ろ仕事への意欲はこれまでより下がったと言ってよい。

蕎麦屋の壁のカレンダーには「人との出会いは人生の宝」と書かれていた。

今から半年後ぐらい先に、木野子辰吉の元に一冊の大型本が送られてくるだろう。数百ページの中で木野子辰吉に関する記事はたった半頁に過ぎないが、既に支払われた本の代金七万円は如何なる理由があろうとも返金されることはない。取材班の真の仕事は、田舎の家を回って言葉巧みに彼らの人生を褒め称え、この売買契約を結ばせることにあった。太田ユキが涙したような綺麗事は、取材班自身が自分の仕事を美化するために作り上げた物語に過ぎず、しかし中林のような人間は恐らく本気でその綺麗事を信じているのである。でなければあんな熱弁はふるえないだろうし、太田ユキとこんなに嬉しそうに笑みが交わせる筈もない道理である。春日武雄は二人に笑みを向けながら、明日からの仕事を思ってうんざりした。今までは判読出来ないなどと理由を付けて故意に無視してきた「愛」「絆」「信念」「友情」といった恥ずかしい言葉の数々を、今後は忠実に拾い上げていかねばならないのである。

木野子辰吉は大陸で多くの民間人を射殺し、終戦後に上官を煉瓦で撲殺して帰国、農業に復帰するもアルコールに溺れて妻子に暴行を加え、近所の人間とも度々刃傷沙汰を起こして警察の厄介になっている。これが取材から得られた木野子辰吉の人生であった。これを美しい物語に織り上げることで七万円という価格を納得させること、それが春日武雄の仕事なのだ。

糞食らえだと思った。

四

会社に戻ると実質的な反省文である報告書を書かされ、太田ユキと二人で谷崎常務の訓示を聞かされた後、終業時間まで数時間の通常業務をこなした。不思議なことに、この日瀬戸山は一度も舌打ちをしなかった。恐らくこの先も、二度と舌打ちを聞くことはないだろうと、春日武雄はそんな予感を持った。

自転車で帰宅すると、アパートの近くで例のサングラスを掛けた法被男と擦れ違った。「第一めぐみ荘」一号室の中を覗くと、ミニテーブルの上に何本かのペットボトルとスナック菓子の袋が山と積まれ、座ってポテトチップスを貪り食っている裸男の姿があった。水と御菓子は恐らくさっきのサングラスの法被男が差し入れたに違いなかったが、同じ差し入れるにしてももう少しましな物がありそうなものであった。裸男は与えられた物を仕方なく食べているのか、それとも自らスナック菓子をリクエストしたのかは分からないが、どちらにしても碌な食生活ではない。裸男の異様な腹の出っ張りも、むべなるかなであった。

見上げると、二階の窓も開け放たれている。階段を上って自分で開けたのか、サングラスの男が開けたのか知らないが、その窓がこの先長く閉められないだろうことだけは確かだった。やがて鳥もやって来るだろうと春日武雄は思った。二階に鳩や鴉が居ると考えただけで、舞い上がる糞や羽根の臭いが想像されて息が詰まりそうになる。

「第二めぐみ荘」六号室の窓には、この日も網戸を透かして富田林さんの顔が見えていた。春日武雄が軽く会釈すると、彼女も微かに頭を下げたように見えた。これまで殆ど言葉を交わしたことはなく、寧ろ互いに敬遠し合うような間柄だったが、裸男という共通の敵の出現によって思わず実現した挨拶だった。それがいいのか悪いのか、春日武雄には判断が付きかねた。

春日武雄は「第三めぐみ荘」三号室に戻り、裸になってシャワーを浴びた。

シャンプーで頭を洗っていると、瀬戸山は今まで一度も彼に舌打ちなどしなかったのではないかという考えに突然頭を貫かれた。そして瀬戸山という人間が、彼が今まで思ってきたのとは全く違う、高潔で真面目な人格の持ち主であるように思えてきた。瀬戸山は、彼が聞きたくないような美しい言葉ばかりを語っていなかっただろうか。瀬戸山は中林が語っていたような「愛」の権化であり、社にとっての模範的存在ではなかったか。もしそうだとすれば、何ヵ月間も毎日聞かされてきた筈の舌打ちは、春日武雄が聞く耳を持たなかったばかりにそう聞こえていただけの、瀬戸山の有り難いお言葉だったのではないか。

それは恐ろしい考えだった。

いや、そんなことは有り得ない。春日武雄は泡にまみれた頭を強く振った。

しかし頭の中には、何故いつも仕事が長続きしないのか、何故いつも人間の素晴らしさを謳うような文脈に我慢ならないのかといった例の疑念が、激しく渦を巻いて収まる気配を見せなかった。

発作が始まった、と思った。

どの仕事場にも絶対にあるところの社是、モットー、正しい道、信念。お客様が神様であるということ。やり甲斐。自己犠牲。本当は形振り構わぬ利潤の追求が最優先であるのに、やり口が汚い会社ほど殊更に高尚な理念を謳い上げる、その嘘。全ての職場を支配し、ひいてはこの国全体を覆い尽くすこのでっち上げの理想に、春日武雄は時として我慢が出来なくなる。そしてこの発作に見舞われる度に、仕事を辞めてきたのだ。今回は三ヵ月余りで発作が訪れた。長くもった方だったじゃないかと、彼はシャワーに打たれながら苦笑した。すると故郷の父と母の顔が瞼に浮かんだ。「男なら、今度こそ頑張れないのか？」「お前、そんなの、気にしなければ何ともないことじゃないかい？」と彼らは言う。

確かにその通りだ。

メモの通りに原稿を起こせばよいだけの、単純な仕事である。瀬戸山のように、与えられたメモに忠実にやればよい。木野子辰吉は愛に満ちた美しい人生を送ったのだ。そうだ、内容をいちいち吟味するから駄目なのだ。何も考えず機械的にやるのだ。人間は押し並べて素晴らしい。どんな人間も、神の子なのである。

五

裸男が来てから二ヵ月半が経過した。

夏が過ぎ、漸く涼しい風が吹き始めた。

町は祭り一色になり、秋風に乗って鳴り物や掛け声が聞こえてくるようになった。家々の軒先に護符の束を吊るす慣わしは、めぐみ荘では富田林さんだけが守っている。「第一めぐみ荘」一号室の中を覗くと、裸男が寝返りを打ち、畳の上を数匹のコオロギが跳ねていた。このところ、蚊と秋の虫が一気に増えた。電灯の周りを蛾や羽虫が飛び交い、壁に貼り付いたヤモリが盛んに向きを変えている。祭り好きの筈の裸男は相変らず寝た切りで、祭りの寄り合いやだんじり曳行の練習にも参加している様子はなかった。

仕事は何とか続いていた。

お盆に帰省すると、父は「お前もやっと大人になってきたな」と喜び、母の漬けた茄子を肴にビールを酌み交わした。しかし彼自身は少しも変わっていなかった。ただ、仕事からアパートに帰って来る度に、嘘で固めた頭が不思議とリセットされる感覚があった。

そして春日武雄はその夜、驚くべき光景を目にした。

一階で読書していると、妙な声を聞いた。笑い声だった。何かの予感めいたものに促されて、部屋の灯りを消し、そっと玄関の外に出てみた。蛾のように、「第一めぐみ荘」の灯りに引き寄せられた。足音を忍ばせて近付くと、裸男が笑っている。

そっと覗き見ると、真っ黒い毛の犬が、全裸でビニールシートの上に寝そべってM字開脚をしている裸男の股座に、顔を突っ込んでいた。プンと糞の臭いが漂った。糞を食べ終わった犬が裸男の肛門を盛んに舐め、裸男はそれが擽《くすぐ》ったくて笑っているのである。

春日武雄はその場に立ち尽くした。

そしてふと気配に気付いて振り返ると、「第二めぐみ荘」六号室の網戸の窓に、富田林さんの顔が幽霊のように浮かび上がっていた。その顔は、しかしいつになく穏やかだった。彼女の位置からでも、裸男の脚と犬の下半身ぐらいは見えているに違いない。つまり「第一めぐみ荘」一号室で何が行なわれているかを、彼女も分かって見ているのである。春日武雄は思わず彼女に向けて微笑した。すると彼女も、優しい笑みを返してきた。裸男の笑い声が一層大きくなった。それは「ほほほほっ」と言っていた。その声は「第一めぐみ荘」一号室から舞い上がり、折から吹いてきた風に煽られ、富田林さんの部屋の軒先に吊るされた束からひらりと剝がれた一枚の護符と共に、秋の夜空へと吸い込まれていった。

冬になっても、「第一めぐみ荘」一号室の扉はずっと開け放たれたままだった。さすがに裸男も上半身にTシャツを着るようにはなったが、下半身はパンツ一丁で、相変わらず仰向けになってスマートフォンで祭りの映像に興じ、時折猛然とスナック菓子を食べる姿が観察された。今でもごくたまに背広の男やサングラスの法被男が訪ねて来る。富田林さんの考えでは、裸男は恐らく生活保護を搾取されているのではないかということだった。しかしたとえそうだとしても、裸男は一方的な貧困ビジネスの犠牲者にはとても見えなかった。春日武雄の目には寧ろ、背広やサングラスの法被男達の方が裸男にこき使われているように映り、小気味良くさえあった。怠惰も、ここまで徹底すれば一つの生き様としての風格を帯びた。それは富田林さんも同じ思いらしかった。

年が改まる頃、「第一めぐみ荘」一号室の扉と窓が閉ざされた。そして中の灯りは点いたまま物音一つしなくなった。二階の窓は開いていた。

そのまま一週間が経過した。

「中で死んでるんじゃないかしら」富田林さんが言った。

「鼾も聞こえませんか」

「聞こえない」

しかし関わり合いたくないという気持ちが優先し、二人がドアをノックすることはなかった。従って松が取れた頃の日和の良い日に、以前と全く変わらず玄関扉を開け放ち、仰向けになってスマートフォンを操作する裸男の姿を見た時、二人は内心とても安堵した。

そして春になるのを待っていたとばかりに、「第一めぐみ荘」一号室の扉や窓は全開になり、裸男はTシャツを脱ぎ捨てた。富田林さんはめっきり明るくなり、春日武雄も元気付けられた。彼らはしかし、裸男に話し掛けることは一切なかった。

そして梅雨が訪れ、裸男が越してきてから一年が経った。

予想されていたことだったが、或る日裸男は忽然と姿を消した。

扉は開いたままだった。

覗き込むと、部屋の奥からアライグマが走り出てきたので二人は腰を抜かした。

やがて一階の窓と玄関扉が、誰かの手によって施錠された。しかし二階の窓は相変わらず開いていた。春日武雄はその後も、「第一めぐみ荘」を度々眺めた。二階の窓から、電灯の紐がぶら下がっているのが見えていた。そして窓ガラスには、一枚の護符が去年の秋から貼り付いたままになっている。

春日武雄はよく、木野子辰吉の言葉を思い出した。

「人間なんぞ偉くも何ともないが、死んで土の肥やしになるっちゅう点だけは悪うない」

何人も土の肥やしにした木野子辰吉の言葉だから、間違いないだろうと思った。

裸男はきっと良い肥やしになるだろう。彼はそのことを思う度に、お気に入りの廃園の植物園が無数の花で一杯になっている光景を思い浮かべた。

その夜、春日武雄は玄関扉を開け放った。

寝転がってじっとしていると、玄関に野良猫が現れた。猫は春日武雄を見ながら前足で敷居にチョンとタッチすると、何事もなかったように立ち去って行った。頬に蚊が止まって血を吸っているのが分かる。まずはこんなところから平気になりたかった。明日から益々何も考えないようにしようと思った。考えれば考えるほど、質の悪い肥やしになっていくに違いないからだ。

春日武雄は数日前から、夜に限って富田林さんも玄関扉に隙間を開けているのを知っていた。その内食事にでも誘ってみようかと思った。

絶起《ぜつき》女と精神病苑エッキス

一

コーポラス「茜」に、新聞配達のバイクはきっかり午前三時四十五分に来る。

ライオンが喉を鳴らすような軽いエンジン音、神経に障るブレーキ音、そして集合ポストに新聞が差し込まれる音を高岡ミュは寝床の中で聞いた。枕元の目覚まし時計のボタンを押すと、当然のように午前三時四十五分を指している文字盤が光った。新聞配達人の時間の正確さに、高岡ミュは自分が置いていかれたような気持ちがした。午前一時に布団に入ってから この時間まで、眠れたという感覚は殆どなかった。頭の中でつらつらと考え事をしている内に、あっと言う間に三時間近くが過ぎたのである。その考え事というのは、どうしたら規則正しい生活が送れるか、どうしたら夜中に熟睡出来るのかといったことだった。高岡ミュは羽毛布団を体に巻き付けて、うつ伏せになった。太腿の付け根がムズムズして、突然出鱈目な歌を歌い始めた。声は次第に大きくなり、やがて叫び声のようになっているのに気付いて慌てて口を噤《つぐ》んだ。それからトイレに立ち、小便をした。グラス一杯の水を飲み、ベッドに戻って羽毛布団を引き被って目を閉じた。頭の芯にある小さな光が、まだ消えずに残っていた。これが消えなければ眠ることが出来ないが、消し方をもう思い出せないのだと思った。眠りというものは、いざ眠り方を忘れた段になって初めて高度なテクニックであったと気付く類の……などと考えている内に何だか急にぼんやりして、「あ、これだ」と思いながらそっと意識を手放した。

睡眠はほんの束の間に思われたが、アラーム音を叩き消して時計を見ると三時間は寝た計算になった。パジャマに手を入れると、体が汗ばんでいた。出来ればシャワーを浴びてから出勤したかった。しかし本来は六時半に起きなくてはならない筈が、スヌーズ機能の目覚ましでやっと完全に目覚めたのが七時。そして早くも七時五分になろうとしているこの状況で悠長にシャワーなど浴びている暇などあるだろうかと彼女は頭を抱えた。七時四十分にはここを出なければならないのである。

ここは思案のしどころだった。

シャワーを浴び終えて目を開けた時、高岡ミユは時計の針が八時二十五分を指しているのを見て仰天した。今の今まで、シャワーで念入りに体を洗う自分を夢に見ていたのである。始業は九時で、八時二十五分という時間は今すぐタクシーを飛ばせば間に合うか間に合わないかのギリギリの時間だったが、それは体も洗わず、化粧もせず、朝食も摂らずにという条件付きだった。

今日を勘定に入れると、まだ月の半ばであるにも拘らず高岡ミユの遅刻は六月に入ってこれで四度目になってしまうのだった。時計の秒針は刻々と時を刻み、気が付くと八時三十七分である。もうタクシーを使っても間に合わない。会社に電話しなければならなかったが、また総務の竹原加奈子に皮肉を言われるのも癪だった。だがもう管理職も黙ってはいまい。仏の顔も三度までだ。膀胱が張っている。小便がしたかった。今の製造業の事務仕事自体は嫌いではなかった。数字にも弱くない。得意先との電話の応対にも慣れている。もしこの仕事を辞めたら、三十七歳で独身の自分に同じ条件の新しい仕事はもう望めまい。中途採用枠で一人の募集を掛けたら百七十人が応募してくるほどの優良中小企業を見す見す辞めるなんてどうかしていると思い、彼女は布団を引っぺがして飛び起きる自分を想像した。しかし実際に彼女がしたことは、枕元の手鏡を引っ摑んで自分の顔を眺めることだった。すっぴんで会社に駆け付けられる顔かどうか、まず確認しておく必要があると思ったのである。すると小鼻の脇と眉間から粉が吹いていて、よく見ると右の鼻の穴から鼻毛も一本出ている。高岡ミユは羽毛布団の上に胡坐をかき、立て掛けた手鏡を覗き込んで本格的に点検を始めた。すると次々に気になる点が見付かった。髪を軽く搔き上げただけで目の前に粉雪のようなフケが舞い、手の爪を見ると甘皮が汚い。そんな自分を放置しておくわけにはいかないと思った。

九時五分にスマートフォンが鳴ったが無視した。やがて尿意が我慢出来なくなった。彼女はベッドを飛び出し、パジャマを脱ぎ捨てて風呂場に駆け込んで勢いよく放尿した。タイルを這っていくゴールデンな尿を眺めながら放心しつつ、こうなってしまった理由をあれこれ考えた。そして結局「朝に弱い」という結論に達し、物心付いて以来ずっと感じてきたことを改めて確認した。

高岡ミユは、幼稚園の頃には既に気付いていた。

即ち、世界の速度が速過ぎるということに。

彼女は床のタイルにがっくりと両膝を突き、昨夜シャンプーした髪の毛を再びシャワーの湯に晒した。遅刻で済まされる時間内に出勤することは絶望的となった。何かが切れた瞬間だった。しかし、会社を無断欠勤するということが何を意味するか、有給休暇すら殆ど使ったことがない高岡ミユにはまだはっきりとは分かっていなかった。

彼女は濡れた髪の毛をタオルで包んだまま、裸で布団に倒れ込んだ。そして昼過ぎに目覚め、服を身に着けてシリアルを食べた。一時を過ぎると頻繁にスマートフォンの着信音が鳴り、何度かインターホンも鳴って、集合ポストに夕刊が突っ込まれる音を聞いた。高岡ミユはその全てを無視した。すると午後六時に玄関扉を叩く音がした。

「ミユ！　ミユ！」

先輩社員の中津川佐知子だった。

「いるんでしょ！　ミユ、開けて！」

世界のスピードが止まらない。先輩だというだけで、どうしてこちらが一方的に彼女の言葉に従わなければならないのか。そもそも中津川佐知子などという長ったらしい名前がいけ好かないのである。口も臭い。四十歳独身ということで勝手に同類だと思いなし、何かと関わってこようとする中津川佐知子の存在を高岡ミユはずっと胡散臭いと思っていて、執拗に扉を叩き続けるところに今までにない粘着質な性格を感じて益々嫌になった。

「無断欠勤なんてしてたら、あんたクビになるわよ！」

え？　そんなに簡単にクビになるの？　高岡ミユは思わず盆の窪を指でマッサージし始めた。

どうやら三十代後半になって疲れが出てきたのかも知れないと彼女は思った。今までずっと懸命に走ってきたものが、今月に入って急に足が縺れて転ぶようになった。一旦転ぶと、周りの全てが次々に自分を追い抜いていく冷たく非情な風景が見えるようになった。今月最初に遅刻した時、二時間残業したにも拘らず遅刻した一時間の遅れがその日の内に取り戻せず、何だこれはと思ったのが最初の躓きだった。会社の同僚達の顔が皆、新幹線のように尖って見えた。二度目と三度目の遅刻によって事態は更に悪化した。彼女は、自分を置いて世界がズンズンと遠ざかっていくのを感じた。初めて、世界そのものの後姿を彼女は見た。それはパンダの背中のように丸まっていて取り付く島がなく、しがみ付こうとして手を伸ばしても弾かれるばかりの無慈悲な球面なのだった。

そしてこの日の決定的な躓きが訪れたのである。

　こうなることは朧げに分かっていたが、それがはっきり分かったのはさっき集合ポストに夕刊が突っ込まれる音を耳にした瞬間だったかも知れない。朝刊が配達されたばかりなのにもう夕刊が来たのだ。幾ら何でもそれは速過ぎると彼女は思った。信じられない速さだった。一体、いつ朝刊を読む暇があったというのだろうか。朝刊を一行も読んでいないどころか、集合ポストに取りに行ってすらいないのである。高岡ミユは明日のことを考え、そして明後日のことを考えた。新聞などとても読めるような精神状態ではないにも拘らず、確実に明日も明後日も新しい新聞が配達されるのだ。それは怖ろしいことだった。何故なら、新聞が配達されるペースというのは絶対であり、それが速過ぎると抗議したところで誰も耳を貸さないからであった。朝夕の巡りというのは星辰の法則に則っていて、人間はただそのペースに合わせるしかないのである。しかし彼女はそのペースに自分が追い着けないことを知っていた。もう駄目なのだ。手遅れになってしまったのである。

「手遅れじゃないわミユ！」

　まだいたのかババア。中津川佐知子の声はしかし、どこか親身な響きがあった。どうしてこんなに心配してくれるのだろうか。

「また来るわ。心配しないで」

　中津川佐知子の声が、急に太くなった。玄関扉の郵便受けの蓋に口を付けて喋ったらしかった。そんなところから覗いても部屋の中は見えないわよ馬鹿、と思ったが、漸く帰るのが分かって高岡ミユは扉に向かって小さく「分かった」と呟いた。

二

高岡ミユが会社を休んで一週間が経った。

その間、二度電話に出た。二本とも、総務の竹原加奈子からだった。彼女は有給休暇や病気休暇について説明し、無断欠勤については始末書を書け、書けば何とか出来るからとしつこく勧めてきた。その声はカナリアのようで、世界の速さについて来られない同僚の惨めな没落の様をリアルタイムで観察出来る喜びに満ちていた。

高岡ミユは小学生の時、初めてテレビで駅伝のランナー達の走る姿を見た。それは彼女の目には殆ど全力疾走にしか見えなかった。すると急に途方もない恐ろしさに心を鷲掴みにされた。みな、壊れた機械のように殺気立って走っていた。何かに取り憑かれているとしか思えなかった。それ以来彼女は、途中で転んで他のランナーに蹴り飛ばされながら、次第に血塗れの肉団子になっていく自分を繰り返し想像しては震え上がった。その恐怖こそが、これまでの彼女を何とか頑張らせてきた原動力だったが、とうとう恐れていたことが起こってしまった。たった一週間で、彼女はもうすっかり真っ赤な肉団子と化していたのだ。

何もせずに部屋の中にいると、郵便やチラシや新聞や集金人やセールスマン、NHK、ガス屋などといった外の世界が、一瞬も止まることなく目まぐるしく走り続けていることをひしひしと感じた。高岡ミュはこの一週間、まだ一度も集合ポストを見に行ったこともなければ玄関ブザーに応対したこともない。そして決して止まらないのは外の世界ばかりではなかった。彼女は冷蔵庫や茶箪笥の中の物を食べていた。カップラーメンや惣菜のプラスチック容器、ティッシュペーパー、書き損じのメモ、発作的に破ってしまった仕事関係の書類などのゴミが、毎日のように出た。使った食器はシンクの中に堆く溜まっていく。ティッシュペーパーの箱、冷蔵庫の中、オリーブオイルの瓶などは次々に空になり、「補充してくれ」と叫び始めている。しかし彼女は指一本動かす気にならなかった。そして布団の上に横になったまま、米と味噌を別にすれば殆ど最後の食料とも言えるカップ入りのヨーグルトをチュウチュウ吸いながら、あれこれと考えを巡らせた。

小中高大会社と、どの集団を取っても人々は全く気を抜かずに全力疾走するのは何故なのか。どうしてそんなに速く走る必要があるのだろうか。みんなで話し合って「しんどいから少しペースを落とそう」と、どうしてそうならないのか。

それは簡単なことだ。誰もが前を走る人間に追い着き、追い抜くことばかりを目指しているからである。他人を蹴落として自分が前に出ること以上に気持ちのいいことはないのだ。少しでも気を緩めると忽ち後ろの人間に追い付かれてしまう。他人に追い抜かれる屈辱には耐えられないから、誰もペースダウンしようとしない。そして他人の不幸は蜜の味だ。高岡ミユのような脱落者は彼らを益々調子付かせ、集団全体の速度を一層上げこそすれ、職場環境の改善のために働き方を見直すという方向に会社を動かすことは決してない。何故なら高岡ミユが行っていた業務如きは、客観的に見て過労でも何でもなかったからである。彼女はごく平均的な、ひょっとすると平均以下の労働量しかこなしていない。彼女自身は一杯一杯で限界まで頑張っていたつもりだったにも拘らず、そうなのだった。遠からずクビになるであろう高岡ミユに誰も同情などせず、一社員の脱落など、十五年前はそれなりに可愛かったであろう彼女を採用した、去年退職した当時の人事担当者の見る目のなさがこっそり揶揄《やゆ》される程度の、ごく詰まらない日常茶飯事に過ぎなかった。

サーサーと音がしている。彼女はそっと目を開けた。いつの間にか眠っていたらしい。ふと、台所の床にゴキブリがいるのに気付いた。彼女の目とゴキブリとはほぼ同じ高さにあった。食べ物の在り処を探して盛んに触角を動かしている。彼女は枕元にあったヨーグルトの空のカップを手に取った。ひょっとするとこのゴキブリは、このカップに残ったヨーグルトを食べた後なのかも知れないと思った。狙い済ましてカップを投げ付けると、ゴキブリは猛然と逃げて行った。あんな虫でも全力でこの世界を駆け抜けているのだと思った。

時計を見ると夕方の五時半である。

カーテンの隙間から、窓ガラスに付いた沢山の水滴が見えた。サーサーと柔らかい音を立てて雨が降っているのだった。高岡ミュはゆっくりと体を起こすと、洗面所で顔を洗い、髪を引っ詰めにして、スウェットの上下のまま一週間振りに玄関から外に出た。コーポラスの二階から隣の棟のコーポラスの二階のベランダが見え、若い主婦が洗濯物を取り込んでいる。コーポラス「茜」とコーポラス「悠」は同じ作りで、夫々六世帯が一つの建物に住んでいる。コーポラスとは言え、鉄筋のアパートといった風情である。階段を下りて集合ポストを見ると、彼女のポストから新聞がはみ出し、床にもチラシや郵便物が落ちていて、濡れた靴で踏み躙《にじ》られた跡もあって著しく美観を損ねていた。それらを全て掻き集めて二階に戻り、片手で鍵を開けていると、隣の扉が開いて大学生風の青年が姿を現した。最近越してきたのか、全く見覚えのない顔だったが高岡ミュは軽く会釈した。彼は急いでいる風で、しかし彼女の背後を通り過ぎる時だけは速度を緩めて舐めるように彼女を見て行った。

新聞や郵便物を玄関の靴箱の上にドサッと置き、台所の流しでコップ一杯の水を飲む。駅前のスーパー「おりぐっちん」に食料品を買いに行かねば、もう猫まんま以外食べる物がなかった。しかし億劫で仕方なく、おまけに雨まで降っている。するとスマートフォンの呼び出し音が鳴った。勤務時間外に総務の竹原加奈子からの電話は有り得ない。出てみると「やっと出た!」という大きな声がした。案の定、中津川佐知子である。

「あんたクビよ」

「分かっています」

「原因は何なの？」

「さあ」

「さあって何よ」

「朝、起きられなくて」

「絶起《ぜつき》ってこと？」

「何ですかそれ」

「『絶望の起床』よ。寝坊ってこと」

「あぁ、はい」

「病気なの？」

「さあ」

答えながら、高岡ミュは自分でも原因がよく分かっていないことを改めて不思議に思った。

「課長も心配してたわよ」

「そんなの嘘です」

「嘘よ。そんなことより、ちょっと出てこない？　今、折口山駅前の『燭台』という喫茶店にいるのよ」

心の底からうんざりした。原因不明の無気力症で会社を一週間欠勤している人間が、誘われてすぐにホイホイと外出出来る道理がないではないか。

「分かりました」

「じゃあ待ってるから」

「二十分ほど掛かりますけど」

「いいわよ」

どういうわけか、そんな受け答えになった。どの道、食料品の買い出しに行かなければならないという頭があったのだろうと彼女は思った。

簡単な化粧をして服を着替え、肩掛けポーチと傘を持って出掛ける。久し振りの外の空気はじっとりとしていて、透明なビニール傘に纏い付く雨の重さが、柄を通して手の中に伝わってきた。暫く歩くと靴の爪先が濡れて冷たくなった。履いてくる靴を間違えたと思った。

踏切の警報音がして、目の前に遮断機が下りてきた。忽ち彼女は、遮断機の前に溜まっていく歩行者に取り囲まれた。どの顔も待つことに極力苛立たないように、無表情を決め込んでいた。やがて巨大な鉄の箱が連なって通り過ぎて行った。遮断機が上がるや、歩行者は誰もが我先に早足で歩き出す。彼女は何人もの人間に追い抜かれた。車道を走る車はどれも先頭を走りたがっているように見えた。駆けて駆けて駆け抜けるのが人の世の定めだとしても、どんな元気な人間もいずれはこのレースから脱落していくのも又定めである。自分の場合はそれが人より少し早かっただけ、と思ってみたが何の慰めにもならなかった。数百万円の貯金は、一旦取り崩し始めればあっという間に底を突くだろう。病弱な一人親も貧乏な兄妹も頼れないとなれば、兎に角何か仕事を見付けて稼ぐしかなかった。しかし仮令《たとえ》新しい仕事に就けたとしても、今回のように腑抜けて起きられなくなれば一遍に元の木阿弥である。中津川佐知子は病気かと訊き、確かに朝起きられない病気もあると聞いたことがあったが、高岡ミユは薄々これは病気ではないと感じていた。理由は分からないが、自分の意志で反抗している気がするのである。するとその瞬間、駅前スーパーマーケット沿いの歩道の真ん中で、彼女の足はぴたりと止まった。

「反抗？　はあ？　何をやっているのよ私は！」

突然立ち止まった彼女の背中に、後ろから来た歩行者の傘がわざとのようにぶつかっていく。舌打ちや文句も聞こえた。みんなの速度に合わせて歩かなければ、いずれ歩道から弾き出されてしまうだろう。道を隔てて、駅前の喫茶「燭台」の建物が見えている。中津川佐知子との約束を破って、このままスーパー「おりぐっちん」で食料品だけ買って帰ってしまおうと思った。どうせクビになる会社の先輩社員との縁など、残しておいても仕方がないに違いない。

三

「遅くなって御免なさい」

「ううん、思ったよりずっと早かったわ」

テーブルの上には、ケーキセットを平らげた皿とカップが置かれ、灰皿には口紅の付いた煙草の吸殻が三本入っていた。

「また一段と痩せたわね」

そう言って、突っ立ったままの高岡ミユを見上げながら、中津川佐知子は肉付きのよい両肩をひょいと上げた。

「座って。何か食べてよ、奢るから」

「済みません」

中津川佐知子はミートスパゲティのセットを、高岡ミユはミックスサンドセットを注文した。小鉢のシーザーサラダを口にすると、「やっときたか。これが足りなかったんだよこれが」と自分の体に言われた気がした。ミックスサンドイッチの胡瓜を噛んだ時のポリポリいう音や、卵焼きが舌の上で解れる感覚が妙に新鮮で高岡ミユは夢中で食べた。彼女の様子を見て、中津川佐知子は「あらあら」と言った。食べ終えて人心地つくと、中津川佐知子は四本目の煙草を吸いながら、不幸な後輩の今後について心配する心情を一頻り吐露した後、こんな話を切り出した。

「ミユは病気なのよ」

「そうなんでしょうか？」

「少なくとも、一度医者に診て貰った方がいいわね。いい病院を知ってるから紹介するわ」

又しても断定口調で、冗談ではないと彼女は思った。そんな無駄遣いをする余裕などどこにもない。ミックスサンドセットを奢ってくれると言うから話を聞いているだけで、この先どんな病院に掛かるつもりもなければ、診察代や薬代にびた一文払うつもりもなかった。

「お金になるのよ」

「はい？」

そう聞き返した高岡ミユの顔を見て、中津川佐知子の顎が二重になった。

「あなたはお金になる患者なの」

「何の話ですか？」

直感的に詐欺だと思った。

「その病院であなたが患者として診て貰うでしょ。するとあなたにお金が入るのよ」

「言ってる意味が分かりません」

「まあそうでしょうね」

「済みません、失礼していいですか。買い物をしなければならないので」

「ミユなら一回八千円にはなるわよ」

「分かりました。でも私は水商売はしませんから」

すると中津川佐知子は「ポハッ」と声を上げて破顔し、「真面目ね」と言った。

「あなたのそういうところが買いなんだわ。私もその病院に掛かってるのよ。あなたは言うなれば私の付き添いみたいなもの。でもあなたを雇うのは私じゃなくて病院。つまり、あなたみたいな患者を病院側が求めているということね。私は紹介者。私の目に狂いがなければミユは確実にお金になる患者よ」

何を言っているのか益々分からない。

「拘束時間はどれくらいなんですか？」

「外来の診察よ。一時間かせいぜい二時間ってところじゃないの？　尤もあなたが望めば、幾らでも長く居られるわ」

甘い話には必ず罠がある。

「私は何をすればいいんですか？」

「待合で順番を待って、ドクターの診察を受けて、薬を貰って会計を済ませて帰るのよ」

「嘘ですね」

「嘘じゃないわ。それでお金になるのよ」

中津川佐知子がその病院に掛かっているというのも、極めて疑わしかった。話の流れから精神科か心療内科だろうと思われたが、果たしてどういう精神の病いを抱えているというのか。そもそも、病院が求める患者とは何なのか？　こんな話にうっかり乗ると確実に痛い目に遭うのは分かりきっていた。高岡ミユは警戒心を強め、断るならきっぱりと断るべきだと心に決めた。

「それで、いつ行けばいいんですか？」

「今日でもいいんだけど、明日はどうかしら？」

「明日の何時でしょうか？」

「午後六時に、タクシーで迎えに行くわ」

「分かりました」

「お化粧は薄目にして、地味なワンピースを着てきて頂戴」

「はい」

「その気になって貰えて嬉しいわ。これは前金」

そう言うと中津川佐知子は、分厚い蛇皮の財布から千円札を三枚引き抜いて高岡ミユに手渡した。

「どうも」

「ふふ」

一体何の笑いなのだろうか。しかし確実に職を失う高岡ミユにとって、それは決して小さな額ではなかった。この金で思う存分食料品を買おうと彼女は思った。中津川佐知子や病院から自分に何が求められているのかはまだよく分からなかったが、少なくともワンピースを着て来いと言うからには、何か性的な要素が絡んでいるらしいことは見当が付いた。ならば思い切って短い丈にしていこうかとも考えたが、そこは真面目さを発揮して一般的なものの方がよいだろうという直感が働いた。ひょっとするとこの「仕事」は、これからの生活を支える便《よすが》となるかも知れない。そう考えると、明日の初日を上手く乗り切ることが何よりも重要に思われた。スーパー「おりぐっちん」で食料品を物色しながら、明日の夕刻までに念入りに体を磨いておかなくてはならないと、彼女は密かに鼻の穴を膨らませた。

四

翌日になって雨は上がった。

午後六時前にコーポラス「茜」の前で待っていると、昨日の隣の部屋の青年が美しい女性を連れてどこからか戻って来て、高岡ミュの方をチラッと見てから階段を上っていった。その女は恐らく二十代前半だろう。お腹はぺしゃんこなのに、胸や尻に張りがあった。自分は貧乳なので歳を取っても垂れることはないと思っていたが、鏡で見ると胸全体が下に下がっていることに最近気付いた。腹筋に力を入れて腹を引っ込め、ワンピースの上から盛んに撫で擦っていると、コーポラスの敷地にタクシーが滑り込んできて後部座席のドアが開いた。

「乗って」

中津川佐知子の顔はいつになくのっぺりしていて、それは眉毛を描いていないことと口紅の薄さのせいだと分かった。いつもは派手目な服も、今日は落ち着いたグレー系の上下で統一している。

「そのワンピース、素敵よ」

「少し派手じゃないですか？」

「いいのよ。何もかも一周回ってオッケーになるんだから」

何を言っているのか分からなかったが、高岡ミュは言われるままにタクシーに乗り込んだ。

彼女にとってタクシーなど何年ぶりのことだったろうか。中津川佐知子にはプライベートで何度か会ったことがあり、その時身に付けていた指輪やピアス、ブランドもののバッグや靴から推して、とても中小企業の事務職員の生活レベルではないと思っていたが、通院に常にタクシーを利用しているとすれば矢張り金に不自由してはいないのだろう。親の遺産云々の話をしていた記憶もあるが所詮他人事だと聞き流していた。ところが今日は一転して質素な身なりで、確かにどこか患者然とした雰囲気を醸し出している。

「失礼ですが、先輩はどういう病気なんですか？」

「ずばり訊くのね」

「先輩の付き添いなら、知っておいた方がいいかなと思って」

「２４６Ｘよ」

「は？」

「それが病名なのよ」

「そうですか」

聞いたことがない病名だったが、余り関心も湧かなかったのでそれ切り訊かなかった。

タクシーは踏切を越えて県道を東へと縦走し、十一階建ての白いマンションを過ぎて昔の植物園に通じる道へと入って行く。周囲が雑木に囲まれて暗さが増し、運転手がライトを点けると、葉や道の背後に真っ黒な影が一斉に現れて一挙に夜になった気がした。

やがて植物園が見えてきた。ここには何度か来たことがあったが、こんな時間に来るのは初めてだった。唯でさえ不気味な雰囲気が、日が暮れると更に恐ろしげな佇まいになっている。しかしこの場所を好んで散歩する人もいて、見ると朽ちた建物や噴水を縫うように何人かの黒い影が亡者のように移動していた。

タクシーは植物園を通り越し、更に雑木林の奥へと入って行く。

「こんな場所に病院があるんですか?」

「そうよ。人里離れた場所にある怖ろしい魔窟なのよ」

「怖いです」

「嘘よ。これ、近道なの」

道は一層狭くなって不安が高まったが、間もなく木々の間から街灯りが見えてきたのでホッとした。しかしタクシーが雑木林を抜けて一般の住宅街に出てしまうと、彼女は軽い失望を覚えた。気が付くと、中津川佐知子がこちらを覗き込んで笑っている。その笑みには「分かるわ、がっかりしたんでしょ」と書いてあった。確かに、鬱蒼とした雑木の森の中の病院の方が未知なる浪漫があるような気がした。

するると中津川佐知子が言った。

「私は、あなたのそういうところを見込んだのよ」

五

タクシーは一軒の住宅の前に停車した。背後はちょっとした丘のようになっている。

「降りて」

「済みません」とタクシー代の礼を言う。目の前の家を見て高岡ミユは、こんな小さな家が病院なのだろうかと訝った。看板も出ていない。

「こっちよ」

言われるままに随いて行くと、その家の脇に幅一メートルほどの狭い上り坂の路地があり、それを上って行くのである。中津川佐知子の後姿は河馬の背中を思わせた。十メートルほど行くと大小の木造小屋が建ち並ぶ、町工場跡のようなだだっ広い空間に出た。どの建物も窓灯りが薄暗く、何本かの外灯の光も橙色にくすんでいる。敷地全体が傾斜地で、建物と建物の間は屋根の付いた渡り廊下で繋がっていた。中津川佐知子は一番手前の小屋のドアを開け、高岡ミユを招じ入れた。

「保険証をね」

中に入ると靴箱があり、そこでスリッパに履き替える。狭い玄関土間にはコンセントに差し込まれた足元灯が一つ寂しく灯っているだけで、目を凝らさないとはっきりと物が見えないほど暗い。引き戸を開けると受付で、窓口には一人の老婆がいてガラスの仕切りの向こう側から二人の姿をじろりと覗っていた。天井からは昔ながらの小さな傘を被った裸電球がぶら下がり、秋祭りの古い護符がベタベタと貼られた壁には「櫻田脳神経醫院」と書かれた古い看板とボッティチェリの「春」の部分画の額が掛かっていて、その下に一脚の長椅子が置かれている。

中津川佐知子は診察券を窓口に差し出すと、「こちら初診の高岡ミユさん」と言った。保険証を手渡すと老婆はそれを抽斗の中に仕舞ったが、その木製の抽斗は見るからにアンティークで、眺め回すと事務室内の書類棚や事務机、椅子、電話台の上の黒電話、扇風機など、どれを取ってもみな相当の年代物である。小屋全体も古びた佇まいで、大正か昭和の初めから続いている病院かも知れなかったが、こんな薄暗い病院を見たのは初めてであった。

「座りましょう」

中津川佐知子に促され、長椅子に並んで腰を下ろした。見ると長椅子の座面は更紗木綿の布で覆われていて肘置きには黒檀のような艶があり、物に対する所有者の拘りのようなものが感じられた。看板が正しいとすれば、所有者の名前は櫻田だろう。

すると驚いたことに、中津川佐知子がこんなことを言い出した。

「あとは自由にして」

「え？」

「大体分かるから」

「どういうことですか？」

「私は煙草を吸ってくるわ」

そう言うと中津川佐知子は大きな腰を上げ、受付の脇を通って小屋の奥にあるドアを開けて出て行った。自由にしろとは、一体どういうことなのか。椅子はこの一脚しかなく、この場所はそもそも待合室ではないのだろう。受付の老婆にこの病院のシステムについて質問しようとしたが、まるで棟方志功のように書類に顔をくっ付けて万年筆を揮《ふる》っていたので、気が引けて言葉が出なかった。進んで行けば何か分かるだろうと思い、彼女は中津川佐知子の後を追うように小屋を出た。

小屋の外の渡り廊下を歩いて行くと途中に東屋風に設えられた一隅があり、薄暗がりの中に二つの人影が見えた。中津川佐知子と初老らしき男が、煙草を吸いながらボソボソと何か喋っているのである。高岡ミユが口を開こうとすると、中津川佐知子は自分の口に人差し指を押し当て、その手を上下に振った。「話し掛けないで。あっちへ行って」という意味だ。中津川佐知子に寄り添うように座っているその初老の男は、新参者の彼女の全身を上から下まで眺めた後、闇の中に大きな白い煙の塊を吐き出した。高岡ミユは中津川佐知子の邪魔をしたくなかったので、目の前に流れてきた煙を突っ切って東屋を通り過ぎ、「弐号室」と墨書された看板が掲げられた次の小屋のドアを開けた。

弐号室の内部はさっきの小屋（恐らく壱号室だろう）に比べて数倍の広さがあったが、しかし明るさは寧ろ暗かった。長椅子や肘掛け椅子に六人の患者が腰掛けていて、彼らは高岡ミユが入ってくると一斉に注目して目玉をギョロギョロさせたかと思うと、再び元の姿勢に戻って夫々の思いの淵へと沈み込んでいった。高岡ミユは、渡り廊下を歩いてきた汚れたスリッパで待合室のカーペットに上がるのが躊躇《ため》われたが、そんなことは誰も気にしておらず、誰もがもっと遥かに深刻な問題を抱えているように見えた。彼女は一番隅の一人掛けの肘掛け椅子に腰を捻じ込んで、改めて患者達の様子を眺めた。患者は男が三人、女が三人いて、例えば五十歳ぐらいの女は両手を使って空中に何か盛んに幾何学模様のような図形を描きながら口をパクパクさせて無言の呪文を唱えており、ハンチングを被った老人はやたら天井を仰ぎ見ては頻りに頷きつつ、黒革の手帳に恐らくは神からの啓示であろう言葉を熱心に書き留めているといった具合だった。それは素人目にもかなり重篤な患者達であると思われ、高岡ミユは警戒心を強めた。そして、ここにいる患者達に比べると、自分や中津川佐知子の症状は格段に軽いと思った。すると突然すぐ傍で奇声がしたので高岡ミユは椅子から飛び上がった。さっきまで静かに俯いていた老婆が叫び出し、長椅子の上でポンポンと跳ね上がったかと思うと、床に体を投げ出してカーペットの上を転がり始めたのである。その叫びは最初全く意味を成さなかったが、転がり回っている内に「馬鹿野郎」とか「こん畜生」といった言葉が混じって、何かに腹を立てているらしいことは分かった。老婆の独特の高音は耳障りで高岡ミユには極めて不快だったが、すっかり慣れっこになっているのか、他の患者は我関せずという顔だった。そんな状態が数分間続いた後、老婆は長椅子の脚に額をゴンとぶつけて静かになった。息を殺して見ていると再び絶叫が始まり、更に激しく転がり始めたのでうんざりした。するとバーンと音を立てて壁のドアが開き、白いスニーカーを履いた白衣姿の二人の男性看護師が登場して、両側から老婆の脇に腕を入れてヒョイと担ぎ上げるや、あっという間に待合室から連れ去って行った。

高岡ミユはその時、ふと視線を感じて横を向いた。するると隣の長椅子に座っている中年の男が、彼女の脚を食い入るように見詰めているのである。見ると彼女のワンピースはすっかり捲れ上がり、太腿が付け根の辺りまで露わになっていた。彼女はこの間ずっと、不安の余り両手でワンピースの裾を手繰り寄せていた自分に気付いた。

「怖い?」と、その中年男が訊いてきた。

背広を着て、首に一目見て高級品と分かるスカーフを巻いている。彼女は慌ててワンピースの裾を整えると、首を大きく左右に振った。その瞬間、手帳の老人が突然その場に立ち上がり、大声で喋り始めた。

「私は痙攣《けいれん》する！　痙攣は快癒させる！　選ばれた人間だけが、信仰の作用を受ける！　信仰の光は、あらゆる理性を粉砕する。悪の拠って立つところは自然にある。物はそこに神が現れるまで、人によって凝視されると喜ぶ！」

意味不明なそんな言葉に続けて、老人は今度は手帳を見ながらドイツ語かオランダ語らしき外国語の詩を長々と読み上げ、それが終わると葬式の席で弔辞を述べ終えた人のように深々と一礼して徐に長椅子に腰を下ろし、つっと顎を上げた。

するとスカーフ男が彼女の顔を覗き込み、又しても「怖い？」と訊いてきた。

「大丈夫です」

「怖くない？」

「はい」

「こはくはなひ？」

「はい」

「ぴゅっぴゅしゅっ」

ここに居る患者は、看護師によってどこかに運び去られた老婆も含めて、皆それなりに整った服装と一種の品のようなものを兼ね備えていたが、高岡ミュには却ってそれが一層気味悪く思え、兎に角一刻も早くここを出て家に帰りたいと思った。

と、さっきのドアから一人の女性看護師が出てきて患者達をザッと見回した後、高岡ミュに向かって「あなたの待合は向こうよ」と言った。ここ以外に別の待合室があるらしかった。「え、まだいいじゃんか」と学生風の男が言ったが、看護師はそれを無視して彼女に「随いて来て」と言い、高岡ミュは席を立った。奥のドアから小屋を出る時に振り向くと、五人全員が身を乗り出すようにして彼女を見送っていた。スカーフ男が首から引き抜いたスカーフを一生懸命振っている。その時高岡ミュの頭に一枚の五千円札が浮かび、彼女は反射的に手を振り返しながら、どこかにあるかも知れない監視カメラを探したがそれらしい物は見当たらなかった。ここで診察を受けることは金儲けだということを、うっかり忘れ掛けていた。残りの五千円を手に入れるためには極力愛想よくしていなければならない、と彼女は心した。

六

参号室も弐号室と同様にカーペットが敷き詰められていたが、違うのは椅子がなく、そこにいた五人の患者達全員が床に直接腰を下ろしていたことである。五人の内三人は体を横たえていて、一人の老人は軽く鼾をかいていた。スリッパが整然と並ぶ玄関土間で彼女も看護師に倣って自分のスリッパを脱いで並べ、カーペットの上に腰を下ろした。

「何か来るよ」

すぐ隣で寝そべっていた老婆がそう言ってきたので、高岡ミユはにっこりした。

「ええ」

「何か来る」

「はい」

彼女と同い年ぐらいと思われる看護師は、老婆の言葉にはまるで無反応で、虚ろな目をしてただ座っていた。仕事が面白くないのだろうか。

「ここで待っていればいいですか？」高岡ミユは訊いた。

「そうよ」看護師が答えた。

「ここは精神科ですか？」

「そうよ」

その瞬間ドアが開き、ドヤドヤと患者達が入って来た。老婆は「ほら来た」と言いながら、胡散臭そうに体を起こした。入って来たのは弐号室の患者達で、五人全員が参号室に集団で移動して来ていた。すると「ぴしゅっぴしゅ」と言いながらスカーフ男が手を伸ばし、横座りしていた裸足の足指を摘んできたので高岡ミユは「ひっ」と叫んで足を引っ込めた。

「やっぱり怖いんだね」と彼は言った。

見ると手帳の老人は、学生風の男に黒革の手帳を見せては隠し見せては隠ししながら「吐けば楽になる」と諭し、呪文の中年女は矢張り空中に図形を描いている。瞑想している者、読書する者、スケッチブックにパステル画を描いている者など、急に人口密度が高くなったことなどどこ吹く風と好き勝手なことをする患者達の一方で、残りの半分は何もせずにひたすら放心していた。高岡ミユはこれが混沌なのか秩序なのか分からず、患者達を見ながら小型の帳面に何かを記録している看護師の表情から何かを探ろうと試みたが、その顔は琺瑯の器のようにツルンとして取り付く島がなかったので諦めた。ふと見ると、弐号室にいた眼鏡を掛けた娘が射抜くような目でこちらを見ていて、その眼鏡娘は同じように横座りしており、高岡ミユが首を傾けると同じ方向に首を傾げ、セミロングの髪の毛を掻き上げると同じようにショートカットの髪を掻き上げることが分かった。高岡ミユが「あら」と言うように微笑み掛けると、眼鏡娘は機械的に笑みを浮かべてすぐに鋭い目付きに戻った。やがて、手帳の老人から解放された学生風の男にも自分が真似されていることに気付き、よくよく患者達を見回してみると、彼女の模倣者は少なくともあと三人いることが分かった。つまり十人中半数の五人が彼女の仕草を真似ていたのである。理由は分からなかったが、これが報酬の理由かも知れないと彼女は思った。しかし彼らの興味は長くは続かなかった。暫くすると五人全員が高岡ミユの真似を止めてしまい、夫々の世界へと戻ってしまったように見えた。彼女は寂しさを覚え、ワンピースの裾を手繰り寄せてスカーフ男に見えるように太腿を露わにしてみたが、これがみじめな行為だと気付いてすぐに隠した。気配に気付いて視線を上げると、看護師の顔が倍ぐらいの大きさになって獣のように咆哮していたので仰天した。よく見ると看護師は大欠伸を嚙み殺しながら彼女に「では、肆《よん》号室へ行って診察よ」と言っているのだった。どんなことにも頓着しないこの看護師の投げやりっぷりが、高岡ミユにはどこか好もしく思えた。

参号室の奥のドアを開けて、看護師と共に裸足のまま外に出る。

「どうしてスリッパを履かないんですか？」

「規則だから」

二人はコンクリートの上に点在する石の欠片を踏まないように、注意しながら歩いた。渡り廊下は途中で二股に分かれていて、一方が大きな建物に通じていた。その建物の壁からは数本の煙突が突き出していて、白い煙が立ち上っている。

「あれは何ですか？」

「沐浴場よ」

肆号室に入り、診察室のドアを開けて看護師と一緒に中に入った。櫻田医師は還暦過ぎぐらいの、小柄で、中肉中背で、白髪頭の男だった。

「で、状況は？」

「はい」

「どんな状況？」

「朝、起きられなくなりました」

「ぷっ。それで？」

「それで、会社に出勤出来なくなって」

「うぷっ」

櫻田医師は胃の病気なのか盛んにゲップをする。

「で、会社をクビになるんです私」

そう言った途端、胸の中が哀しみで一杯になり、声が詰まった。目頭が熱くなり、いっそここで号泣して何もかも吐き出してしまおうかと思った瞬間、櫻田医師の背後に立つ看護師の顔が再び倍ほどの大きさになっているのが目に入り、忽ち泣く気が失せた。

「治療すれば確実に良くなりますよ。ぷっ」

「これって、何かの病気なんでしょうか？」

「うむ」

「何でしょう？」

「２４８Ｘですな」

中津川佐知子の病名と数字が微妙に違うと思った。

「薬の服用と、沐浴療法で治療しましょう」

「沐浴ですか？」

「ぷっ。そうですぷっ、ぷっぷっ」

看護師に連れられて大きな建物に行くと男女別の脱衣所があり、中に入ると脱衣籠に数人の衣服が収まっていた。

「ここで裸になって浴衣を着て沐浴場に行くのよ」

「中で何をするんでしょうか」

「沐浴」

そう言い残して、高岡ミュが密かに「投げやり美人」と名付けた看護師は立ち去って行った。

服を脱ぎ、脱衣籠の中にあった薄い浴衣を纏うと、禊でもするような気持ちになる。湿った冷たい廊下を歩き、磨りガラスの引き戸を開けて沐浴場に足を踏み入れると、湯煙で濛々《もうもう》とした中に人の影がうろついていた。打たせ湯もあるらしく、水の撥ねる音が絶えない。すると湯気が切れて、目の前に大きな浴槽が姿を現した。真っ黒な湯に幾つかの頭が浮いている。その中の一つから「ミユ」と手招きされた。

「浴衣のまま入っていいのよ」と中津川佐知子が言った。恐る恐る湯に浸かると、湯の中で浴衣の裾が膨らんで下半身が丸見えになった。すぐ傍にいた男が「びしゅっ」と声を上げて、スーッと遠ざかって行く。スカーフ男に違いなかった。

「何なんです？　ここは」高岡ミユは声を殺して中津川佐知子に訊いた。

「精神病苑エッキスよ」

「どういう所なんです？」

「精神病患者を演じ合う一種の倶楽部よ」

「会員制とかなんですか？」

「そう」

「中津川さんも会員なんですか？」

「そうよ」

「私は？」

「あなたは違うわ」

「薬は？」

「偽薬よ」

その時、打たせ湯の方から「何か来るよ！」と老婆の声がした。

幾つかの意味不明の叫び声が呼応して上がり、沐浴場内に反響する。

「彼ら、下手糞でしょ。時々、恥ずかしくなるわ。だからミユみたいなお手本が必要なの」

「どうしてそんなことしてるんですか？」

「何言ってんの、ミユみたいに本当に頭がおかしくなってからじゃ遅いでしょ。だから予め耐性を付けて慣れっこになっておくのよ。自ら進んで狂気に飛び込むことで狂気そのものを克服するの」

高岡ミユは小首を傾げた。

「私は？」

「あなたはお金が貰えるでしょ。こっちは会費を払ってるのよ」

高岡ミユは「私は健康がいいな」と言ったが、その声は手帳の老人の説法の大声に掻き消された。すると「黙れ！」と別の声が上がり、湯船の隅でバジャバジャと摑み合いの喧嘩が始まった。肩まで湯に浸りながら偽患者たちを眺めていると、萬が壱にも自分がこの連中に追い抜かれて肉団子になることはないと思われた。すると何だか時間が止まっているような恍惚感に包まれ、彼女は密かに「どうしようもない人達ね」と呟いて目を閉じ、不敵な薄笑いを浮かべた。

カカリュードの泥溜り

一

盆が過ぎた。

野球帽の男は、折口山駅前商店街の裏手の路地で足を止めた。地面には数枚、風に運ばれてきた秋祭りの護符が落ちている。

夜の暗がりの中、バーガーショップの裏口に、複数の男達が屯していた。老人が二人と中年が一人、そして二十代らしき若者の四人が、円陣を組んで何かを取り囲んでいた。厳しい空気が張り詰めていた。中年男の穿いている超超ロングニッカボッカーズで半ば隠れてはいたが、彼らは円陣の中心にいる、しゃがみ込んだ小さな子供ほどの大きさの黒い塊をじっと注視しているようだった。野球帽の男は、事が起これぱすぐに走って逃げるつもりか、盗塁を狙う代走のように体勢を低くして男達の様子をじっと見ている。その時中年男が円陣の中に踏み込むと、乱暴な手付きで塊の頭の部分を掻き回し始めた。ガサガサと音がした。すると他の三人がサッと間合いを詰め、全員が寄って集《たか》って我勝ちに塊に手を伸ばした。

黒い塊は瞬く間に陵辱された。

それはバーガーショップの食品廃棄物を入れたゴミ袋だった。

そのゴミ袋からハンバーガーをゲット出来たのは老人二人と中年男の三人で、若者にはフライドポテトしか残されなかった。フライドポテトの濃厚な匂いが周囲に漂った。最初に老人の一人が、持参したレジ袋に半分ほど詰め込んだところでその場を離れた。続いてもう一人の老人が離れていき、残った中年男と若者が順番にフライドポテトを詰めた。それまで大人しかった消化器官が突然動き出したのか、野球帽の男の腹から、腸内のガスが移動する虚しく長い音が鳴った。彼は二人のいる場所に近付くと両目を見開き、黒いゴミ袋の底に残ったフライドポテトを凝視した。

「何じゃ」中年男が、戦利品の入ったレジ袋の口を結びながら言った。

野球帽の男はゴミ袋を指差してから、その人差し指を自分の口の中に何度も出し入れした。

「ポテイトが欲しいのか?」中年男は言った。

野球帽の男は、弾かれたバネのように頷いた。

「駄目だ。俺達は会員制だからな」

中年男はレジ袋を草臥《くたび》れたショルダーバッグに詰め込み、ゴミ袋を持ち上げて若者の胸に押し付けると、野球帽の男に向かって「会員になるにはどうすればいいか自分で考えな」と言い残してその場から立ち去った。若者は左手にゴミ袋、右手にレジ袋を提げたまま、ずっと中年男の広くて固そうな背中を見送っていた。まるで中年男の背中にも目があって、その目にじっと見られているからこちらも視線を外せない、というような固まりようだった。それは彼らの間に厳しい掟があるらしいことを物語っていた。そして呑み屋から出てきた複数の客の体で中年男の姿が隠れてしまうと、止まっていた時間が再び動き出したかのように、自分の隣にずっと突っ立っている野球帽の男に向き直って言った。

「何だお前は」

野球帽の男は首をゆっくり横に振った。

「それはどういう意味だ？」

野球帽の男は頭から野球帽を取って若者へと差し出し、野球帽の中を人差し指で盛んに指差した。

「何のことか分からんな」若者は、野球帽を脱いだ男の頭を見ながらそう言った。野球帽を脱いだ男の頭には、慣れない手付きで刈られたに違いない不揃いな髪と、湿疹と瘡蓋《かさぶた》に覆われた数個の禿があった。

野球帽を脱いだ男は、若者に向けて野球帽をやや乱暴に上下に揺らした。黒い野球帽から粉雪のような白いものが沢山舞い上った。若者は暫く口の端に笑みを浮かべていたが、急に人差し指で野球帽を脱いだ男の胸を突いた。そこは中府と呼ばれるツボで、野球帽を脱いだ男は痛そうに体を二つ折りにした。

「何がおかしい？」

野球帽を脱いだ男は決して笑っていなかったが、若者にそう言われた途端相好を崩した。

「笑ってんじゃねえぞ、ぷっ」と若者も笑った。二人は同世代に属しているようにも、随分と歳が離れているようにも見えた。

その二人の傍らを、若い男女のカップルが避けるようにして通り過ぎていった。

その時、若者が突然ゴミ袋とレジ袋をその場に投げ捨てて、右手で盛んに自分の左手を叩き始めた。カップルが即座に振り返り、アスファルトの上を二匹のチャバネゴキブリが夫々の方向に散っていくのを見た途端、小走りで遠ざかっていった。

若者が落としたレジ袋から、ポテイトが三分の一ほど零れ出ている。野球帽を脱いだ男が身を屈めてそのレジ袋に手を伸ばそうとするや、若者は「おっとそうはさせねえよっ」と言って素早くレジ袋を拾い上げた。レジ袋の口から更に数本のポテイトが零れ落ちた。それから若者は、その場で軽くジャンプしたかと思うと足元のゴミ袋を蹴り上げた。ゴミ袋は若者の紺色のデッキシューズの爪先に引っ掛かって若者の足に絡み付き、どこにも飛んでいかなかった。すると若者は、デッキシューズの両足でゴミ袋を踏み付け始めた。ゴミ袋の上でツイストを踏む紺色のデッキシューズを、野球帽を脱いだ男はじっと見た。

若者はゴミ袋の中のポテイトだけでなく、アスファルトの上に落ちたポテイトも残らずデッキシューズの靴底で磨り潰した。そして「会員じゃない奴にやる分け前はないいんだよ」と言い残し、目減りして軽くなった自分のレジ袋をクルクル振り回しながら立ち去っていった。

若者が立ち去った後には、ポテイトまみれになった破れた護符が残されていた。男は野球帽を被り直してその場にしゃがみ込み、ゴミ袋の口を持って中を覗き込んだ。ゴミ袋の隅には、まだ残っていた一匹のチャバネゴキブリが貼り付いていて、長い触角を揺らしていた。野球帽の男はゴミ袋に手を入れ、潰れたポテイトを摘み取って口に運んで食べ始めた。タッタッという舌鼓が路地裏に響き、野球帽の男は自分の立てるその音に驚いたかのように時折固まっては周囲を見回した。機械的なポテイトの摂食を暫く続けた後、ふと野球帽の男は遠くを睨みながら腰を上げ、半身になって逃げ出す構えを見せた。

野球帽の男の視線の先には、路地裏を全力疾走してくる痩せた男の姿があった。その男は秋祭りの法被を纏い、サングラスを掛けていた。秋になると現れる熱狂的なお祭り男に違いない。男が「あっきゃあっきゃあっきゃ！」と祭りの掛け声を上げながら野球帽の男に体当たりしてきたので、野球帽の男は咄嗟に顎を引いて首を竦めた。するとお祭り男はぶつかる直前で息を止めて急停止し、蹈鞴《たたら》を踏みながらサッと身を躱すと、再び「あっきゃあっきゃあっきゃ！」と叫びながら猛スピードで走り去っていった。

野球帽の男はその場に佇んだまま、両手の人差し指で空中に字を書くような仕草を見せた。それは、走り去った筋肉質の男が彼に残した満面の笑みがお面となって空中に貼り付いていているのを、時間をかけて解析しているような仕草にも見えた。がその解析は長続きせず、野球帽の男は間もなく自分の大切な夕食へと戻った。

そして五分ほど経ったところでふと食べるのを止めて立ち上がり、口の中に指を入れて歯に付いたポテイトを掻き出すと、その指を舐めながらスタスタと歩き出した。

翌日、野球帽の男の姿は折口山駅の歩道の上にあった。

野球帽の男は歩道の端に立ち、文庫本の頁を開いてその上に視線を落としていた。通行人の中には、チラッと彼に一瞥をくれる者もあったが、大半の人間は無視して通り過ぎた。歩道は人が歩くための空間で、立ち止まって読書するための空間ではない。そのためか、野球帽の男がブロック塀に体をくっ付けて極力身を小さくしていたにも拘らず、嫌がらせのようにわざと彼の肩に軽くぶつかっていく通行人もいた。そのたびに、文庫本を持つ手が揺れて数頁が捲れたが、野球帽の男は新しく開かれた頁の上に視線を落としては、その後も二十分ほどその場を動かなかった。

やがて彼は文庫本をズボンの尻ポケットに捻じ込むと、駅前商店街へと移動した。

駅前商店街を往き交う人々は如何にも目的を持っているかのように忙しそうで、一連の流れを形作りながら全体として活発な経済活動を展開しているように見えた。しかし少し定点観測するだけで、狭い範囲を行ったり来たりしているだけの老婆や、弁当屋のアルバイト女子に向かって昔話を延々と繰り返す老人、引っ切りなしに百円均一の店を出たり入ったりしながら何一つ商品を買わないサラリーマン風の男などが目に付き、一見一続きの流れであるように見えたものも、繋ぎの緩い蕎麦のように全体としてバラバラで、経済活動などとは無縁な人間の少なくないことが知れるのだった。

それらの人々の中でも特に繋ぎ目の緩い箇所に、野球帽の男はいた。この男には駅前商店街に来る目的を何も持たないこと、一目見て生業がないこと、身寄りもないこと、にも拘らずどこか満ち足りているような表情を浮かべていることなどが誰の目にも明らかで、殆どの人間は野球帽の男を存在しないものと見なしていたに違いなかったが、しかしそこには例外もあった。

二

常に詰襟の黒い服を身に着けている兼本歓は熱心なキラスタ教の信者で、キラスタ教折口山支部長を務めている。彼が妻の春江と暮らす「キラスタ教折口山支部教会」は、取り壊し寸前だった旧・折口山公民館を補修して借り上げたもので、教会としての活動歴は十二年目に入っていた。

嘗ては何人かのホームレスと共同生活しながら自立支援を行っていたが、春江の意向もあって今は夫婦二人だけが暮らしており、日曜日に信者を集めて「エッセンシアル仁愛の学び舎」を開くことが教会活動の中心だった。

教会の運営は、本部からの運営費と十七人の信者の寄付金で賄われている（尤も、他の信者の寄付金の合計に比べて皮膚科の開業医・酒牧次郎の寄付金が突出して多いことは信者の誰もが知っており、その理由については幾つかの噂があった）。

兼本歓は午前中と夜、二十年越しで取り組んでいる大部の著作『キラスタ教の霊的思想の研究』の執筆をし、午後は「エッセンシアル仁愛」の実践行として町内の見回りを行うことを日課としていた。キラスタ教本部は、一支部長がライフワークと思い定めているこの未完の著作については、その存在すら知らなかった。

従って夫婦二人の生活費は表向き、駅前スーパー「おりぐっちん」でフルタイムのパート労働をする春江の肩に掛かっていた。春江は五十二歳の兼本歓より七つ年下で、小太りだがよく張った乳房と括れた腰が異様に目立つ体付きをしていた。「おりぐっちん」の店内では、商品を陳列する彼女を振り返って舐めるように眺める老人客の姿が度々見られた。

信者の一人で行政書士事務所を営む仲居大輔は、皮膚科医の酒牧次郎が去年末に教会で開かれたクラスマスの祝いの帰りにポロッと「シスタル春江の肌理は百人に一人だ」と言ったことを覚えていて、真面目な独身男である彼は悩んだ末に一人で抱え切れなくなり、兼本歓支部長にそのことを打ち明けた。すると兼本歓は、説教壇に置かれた聖典『キラスタの栞』

の頁を閉じ、仲居大輔に向かって「どうも有難う」と頭を下げると教会の奥へと隠れた。仲居大輔はその後ろ姿に向かって手を合わせ、翌月から少額だが寄付金を増額した。

兼本歓が駅前商店街で野球帽の男を初めて見たのは二年前の夏であった。野球帽の男はその時上半身裸で、両手の人差し指を立て、旅客機の操縦士がコックピットの複雑な計器を一つ一つ確認するような動作をしながら歩いていた。たまにハッとした表情を浮かべたかと思うと、両手で見えない操縦桿を握って右や左に傾けては蛇行するので、驚いた通行人が咄嗟に避けたり中には文句を言う者もいたが、野球帽の男は平然としていかにも楽しげに見えた。

兼本歓はずっと野球帽の男の後を付けて歩き、時々立ち止まっては手帳に何か書き付けた。野球帽の男は商店街を抜け、住宅街の中を複雑なコースを辿りながら国道へと向かい、地下道を通って国道の下を潜った。兼本歓がふと見ると、薄暗い地下道の中の野球帽の男の後ろ姿が眩しい太陽光に包まれて蒸発し、棒のように細くなっている。その棒が揺れながら遠ざかっていくのを眺めながら、兼本歓は肩で大きく息をした。そして腕時計を見て、手帳に「16時17分　地下道、光の男。」と記した。

それ以来兼本歓にとって野球帽の男は、光男という名前になった。

地下道を出て墓地とスーパー銭湯を越えると、高台に建つ十一階建てのマンションが見えてくる。光男は脇腹を掻きながら、県道を逸れた。どうやら高台のマンションへ向かっているらしい。それは自分で意識してそうしたと言うより、単にたまたま目に入ったこの辺りで一番目立つマンションという刺激に反応したに過ぎないように思われた。

兼本歓はそのような下等な反射作用に無自覚に従う人間が、『キラスタ教の霊的思想の研究』の中のどの章に於いて記述されるべきかを考えながら、光男に随いて坂道を上った。暑さと水分不足で息が上がり、頭が痛くなってくる。視線の先に、坂道に差し掛かって一層力強い足取りで歩き始めた光男の、汗でテラテラした若い裸の背中があった。あんなにも健康的な肉体の持ち主が、単に刺激に反射的に反応したからというだけの理由で、原生動物や昆虫と同じカテゴリーに分類されるのは理不尽な気がした。ゴッズの被造物に上下の位階があるのは何故なのだろうか。するとあのいつもの疑念が、即ち彼の畢生《ひっせい》の仕事である『キラスタ教の霊的思想の研究』が、実は本部の上層部どころか一般信者にすら一顧だにされない全く無意味な自慰行為に過ぎないのではないかという恐るべき疑念が湧き起こってきたので、彼は大きく頭を振った。

ふと見遣ると、光男の姿がなかった。兼本歓は小走りに坂を駆け上がって探したが、見付けられなかった。見上げると、高台のマンションの沢山の窓ガラスが強い西日を反射させて瞬いているように見え、彼はそこに何らかのメッセージが隠されているような気がして暫くの間凝視した。そして何度か頷いてから、踵を返した。

その日から兼本歓は、午後の時間の巡回を光男の姿を探すことに充てるようになった。見付けられなかった日は、夜回りに出ることもあった。数日間見付からないと、他の町に行ってしまったのかと心配になったが、大抵は三日も空けずに発見出来た。光男の、いつもと全く変わらない穏やかな顔と仕草を見るにつけ、兼本歓は安堵の表情を浮かべた。

或る晩、兼本歓が例によって光男を探して細い夜道を巡回していると、行く手の車道沿いのビルの壁が燃えるように赤く光っているのを目にした。近付いて車道に出てみると、車道沿いの寺の墓地に沿って救急車とパトカー、そして赤色灯を付けた普通車が一台停まっていて、数人の警官が野次馬を整理し、刑事らしき人間が目撃者に事情を聞いていた。やがて救急車が動き出そうとしてマイクで人々に道を開けるように注意を促し、ピュッピュッと短く鳴いた後ピーポーピーポーとサイレンを鳴らして、ムッとする排気ガスを残して走り去っていった。刑事が車に乗り込むと、警官に促されて十数人いた野次馬も少しずつ散っていった。

「何があったんですか？」

兼本歓はたまたま側にいた信者の一人に声を掛けた。春江と同じ駅前スーパー「おりぐっちん」のバックヤードで働いている四十代の木村さんである。

「怪我してた。怪我。血が出てた。顔が真っ赤で。男の人。男の人が血を出してました」

木村さんには軽い知的障害があったが、どんな質問にも真剣に答えようとしてくれる。

「どんな男の人だった？」

「ホーム、ホーム」

「ホーム、ホームレス？」

「ホームレスの男の人」

「若い人？」

「若い人若い人」

兼本歓は、それは光男に違いないと思った。以前、確か冬の夕刻に商店街の裏通りで、複数の男に小突かれている光男の姿を見たことがあった。その時は兼本歓が側に寄っていくと、男たちはすぐに光男から離れていったが、その後も何度か同じような場面に遭遇した。光男は大人のみならず中高生にもちょっかいを出されているようだった。「大丈夫ですか？」と声を掛けると、光男は返事もせずに立ち去っていくのが常で、その度に兼本歓は教会に戻ってから祭壇前に跪《ひざまず》いてゴッズに祈りを捧げた。

兼本歓は、その祈りが漸く通じたような気がした。

「どの病院に運ばれたか、分かりませんよね」

「分かりませんよ」

木村さんはいつも真剣に答えてくれる。

「有難う。気を付けて帰って下さい」

「はい。気を付けて帰ります」

木村さんを見送った先に、木村さんの手を取る母親の姿があった。彼女がこちらに向かって頭を下げたので、兼本歓も頭を下げた。遠目からも解れ髪が顔の中央に垂れ下がっているのが分かった。この母親が日曜日の「エッセンシアル仁愛の学び舎」に参加することはなく、木村さんは常に兄と共にやってくる。兄は軽度の鬱病で、「エッセンシアル仁愛の学び舎」はこの兄弟にとって心の拠り所となっていた。兼本歓は彼らのためにも、出来るだけ分かり易い説教を心掛けた。彼らの家は貧しく、寄付金は僅かしかない。

見上げると、月が出ている。

人気が消えて車の流れが途切れると周囲が急に暗くなった気がして、やがて月明かりの中に墓地の墓石がぼんやりと浮かび上がった。一部の墓石は濡れたように艶々していて、足下のグレーチングを隔てて墓地の中へと続く小径が伸びていた。兼本歓は自然に墓地に足を踏み入れた。『キラスタ教の霊的思想の研究』の執筆が死後の世界の領域に差し掛かっていたこととそれは無関係でなかったかも知れないが、彼自身には特にその自覚はなかった。

外から見ると一般的な佇まいの墓地に過ぎなかったが、中に入ってみると墓石は大きさも形もまちまちで向きも異なり、それが視界を複雑に区切っていて、立ち位置を少し変えるだけで見える空間はがらりと変化した。兼本歓は自然に、外から死角になっている場所を探して移動した。そして、少しの光も届かない真っ暗なポイントを見付けると、そこに視線を向けて目を凝らした。闇の中で、砂利の鳴る微かな音がした気がして、次第にその真っ黒な闇が決して小さくはない何らかの物体を包み隠しているかのように思われてきた。彼は足下の小石を拾い上げ、その闇溜りの中に放り投げてみた。すると、闇に吸い込まれると思われた小石は殆ど闇の外郭辺りで弾き返されて、彼の足下の地面に落ちた。兼本歓は目を剥いた。すると彼の目の前に、白っぽい人の形が薄ぼんやりと浮かび上がった。その人型は頭上に両腕を掲げ、砂利を踏みながらゆっくりとターンしているように見えた。踊っているのである。次の瞬間闇の中からヌッと老人の顔が突き出してきたので、兼本歓は息を呑んで飛び退った。突然、銅鑼を叩くような大きな音がしたかと思うと、老人がチャチャチャチャと砂利を踏みながら逃げていった。全裸だった。足許に、柄杓とバケツが転がっていた。老人は手に握った服を振り回しながら、裸足で走り去った。痩せた体は弛んだ皮膚に覆われ、背中一面に凸凹とした傷痕があり、尻肉は干し柿のようで、盆の窪は深く抉れていて、その全身は濡れていた。恐らくバケツの中の水を浴びていたのだろう。しかしその目的が純粋に体を洗うことにあったとは思えなかった。その水には間違いなく聖油と精液とが混ざっていたに違いない。そして爪先は割れて蹄になっているのだ。兼本歓は思わずその場で九字を切り、『キラスタの栞』の中の祈りの言葉を唱えた。矢張り現代に於いてもデビルズは健在なのである。デビルズの章は更に数十頁の加筆が必要となるだろう。

兼本歓は墓場から外に出た。遠くに自転車に乗った女性の姿が見えたのと、やや千鳥足らしい会社員が一人車道に大きくはみ出して歩いていたが、老人の姿はどこにもなかった。

朝まで稼働しているワイヤーロープの工場や、店の正面に粗末な電飾を這わせた鄙びたスナックの前を通り過ぎ、住宅街に入って、口に聖なる言葉を唱えながら家々の平和な窓明かりを眺めて歩いた。そして教会の前に辿り着いた時、兼本歓はハッとして立ち止まった。彼は教会の玄関前にそれを認めるや、手指を組んで天を仰いだ。アスファルトの上に頭をしなだれて倒れている光男の姿が、玄関灯に照らされて闇の中に浮かび上がっていたのである。

三

春江は折口山駅前スーパー「おりぐっちん」で松茸を並べ終えると、腰を伸ばした。残暑は続いていたが、冷房が効き過ぎた店内にずっといると体が冷えて、腰が痛くなってくる。春江は二の腕を擦りながらレジに行き、夏みかんのような顔をしたアルバイトの女子学生と交代した。顔は大きく丸いのにお尻は春江の半分ほどしかない。

「お先に失礼します」夏みかんはそう言ってペコッと一礼すると、バックヤードへと消えていった。春江はそのマッチ棒のような後ろ姿を見送った。キラスタ教は清貧の教えを説くが、信仰のない夏みかんのような素朴な人間の方が何の作為もなく清貧の生活を実践出来ているのではないかと春江は思った。その時一人の老人客がやって来てレジカウンターに蜂蜜の小瓶を置いたので、春江はハッとして腰を捻り、二の腕で胸を脇から押し上げながら笑みを作った。

「いらっしゃいませ」

相手が男と分かると反射的に品を作ってしまうのは悪い癖だったが、殆ど生理反応みたいになっていて自分ではどうしようもない。

皮膚科の医者の「百人に一人の肌理だよあんたは」という声が頭の中に甦ってきた。釣銭を渡す時、枯れた手を下から支え持つと老人は一瞬迷惑そうな顔をしたが、春江はそれが彼ら特有のポーカーフェイスであることを見抜いていた。異性とリアルに触れ合う機会を殆ど持たない彼らは、たったこれだけのことでこのスーパーのリピーターになる。中には手を握り返してくる老人もいて、その手を相手に不快感を与えないようにそっと解く仕草も今では堂に入ったものだった。


ベンツの助手席に乗り込むや否や、酒牧次郎の手が伸びてきて下腹や太腿、手などを触られた。皮膚科の医者の手には、診察のたびに新しい得体の知れない菌が付着するのではないかという疑念はいつまで経っても春江の頭に付き纏ったが、撫でられている内に忘れてしまうのが常だった。

「皮膚病の原因って何なの？」

「なーに、七割は原因なんて分からないのだ」

原因が分からないままステロイド軟膏を処方する。どこでもそうだから、酒牧皮膚科にも皮膚疾患患者たちが後から後から訪れる。ネットの口コミには「優しい診察」「サンプル写真と照合して診断するから信頼出来る」などの他に「必要以上に触ってくる」「患部は背中の下の方なのにブラジャー取れと言われた」などのクレームも散見された。

ベンツは国道を横断し、県道を山手に向かって走った。対向車にポツポツとヘッドライトが点灯し始め、ふと見ると背後の西の空に真っ赤に焼けた鉄球のような夕陽が地平線に沈もうとしている。やがてベンツは県道沿いの宅地造成中の土地の隣にある広い空き地に入って停まった。エンジンを切ると、下界の街から祭囃子の音が幽かに聞こえてくる。この辺り一帯は高台になっていて街灯もなく近くに民家もない寂しい場所だが、二人には馴染みの場所だった。

「シートを倒して」

春江が言われた通りにすると、酒牧次郎の半身が覆い被さってきた。顔が迫ってきて唇が合わさり、煙草とコーヒーと歯垢の混じった息が臭った。今では誰よりもこの男の味を知っているだろう自分は、信仰者としてどうなのかと思わないではない。しかしキラスタ教の教義には、不思議と夫婦関係や性愛のことについての言及が少なかった。夫が執筆している本の目次の中の人倫の項目にも、それらしい小見出しはなかった気がする。ひょっとするとデビルズの項目の中に、自分が陥っている救い難い状態の記述があるのかも知れないがそれは断じて読みたくなかった。気が付くと、酒牧次郎の酸っぱ臭い一物を口に含んで首を盛んに上下させている。診療を終えたらシャワーぐらい浴びてくればいいのにといつも思うが、この変わらぬ臭さに妙に安堵する自分もいて、堕ちてしまったこの穴蔵は相当深いと観念せざるを得なかった。

「次は久し振りにホテルに行くか？」

「時間はあるの？」

「なーに、そこは何とかするさ」

この男が「なーに」と言う時は、大体自分の手に負えないことを意味する場合が多い。医院を兼ねた自宅には、恐ろしい妻が目を光らせている。いくらペットボトルの水を呑んでも口の中や喉に酒牧次郎の精液が絡まり付いてなかなかすっきりせず、春江は何度も喉を鳴らした。酒牧次郎はベンツを降り、車の陰で立ち小便をしてからスモールランプの仄灯りの中で煙草を吸っている。県道を行き交う車の、最初は天を向いていたヘッドライトの光が互いに低くなってやがて交差して擦れ違っていくのを眺めていると、酒牧次郎に弄られた陰核がヒリヒリしてきた。膣の愛液に濡れた指を、この男は必ず「ほら」と見せてから舐めた。そんなことよりもずっと、春江にとってはお金の方が嬉しかった。こんなことは長くは続かないだろうから、取れる内に取れるだけ取っておくに限る。と、一陣の風が吹いて車体が揺れた。酒牧次郎が咄嗟に風に背を向けた時、春江は彼の頭上を一枚の紙切れが過ぎり、吸い込まれるように町の方へと飛び下っていくのを見た。こんな何もない場所にまで秋祭りの護符が舞っていることに、彼女はキラスタ教よりもずっと強いこの町の霊力のようなものを感じて助手席の中で身を縮めた。

「そろそろ行くか？」煙草の煙を体に纏った酒牧次郎が、車内に戻ってきた。

「はい」

タイヤが砂利を踏んで、ベンツがゆっくりUターンする。日は既に沈んでいて、町灯りの向こうの海は重油のように黒かった。

家に戻ると台所のテーブルに、夫の歓と一人の知らない若者とが向かい合っていた。若者は彼女の顔を見ても礼一つせず、どこか虚空を見るような目をして口だけを盛んに動かしていた。テーブルの上には、春江が夫のために用意していった八宝菜と御飯とが、若者によって今まさに平らげられようとしていた。

「どちら様なの？」

「光男君だ」

「だから、どちら様なの？」

「どうやら、仲間と共に酷い目に遭ったらしいんだ」

「どういうことです？」

「暴漢に襲われたらしいのだ」

ふと見ると、若者は右手に箸を持ち、左手で空中に図を描いている。春江はその仕草に見覚えがあった。一年ほど前、スーパー「おりぐっちん」で万引きをして保安員に捕まり、詰め所で店長に詰問されていた若者ではなかろうか。店内で手に取った御菓子の袋をその場で開封して食べてしまったので引っ立てられたが、何を訊いても空中に図形らしきものを描くばかりで答えないので、店長に何発か頭を叩かれていたのを覚えている。結局埒が明かず、警察に引き渡された。要するに浮浪者である。

「うちには置けませんよ」

「ああ」夫は曖昧な返事をした。

春江はなるほどと思った。如何にも夫が好みそうなタイプである。弱そうで、若く、薄汚れているが磨けば綺麗になりそうで、何も喋らず、人に危害を加えそうにない。

「絶対に置きませんからね」

「分かってる」

嫌でも甦ってくる嘗ての記憶を、春江は首を振って振り払った。夫は、この若者に限っては大丈夫だと言いたいのだ。そう顔に書いてあった。しかしそんな保証はどこにもない。春江は時計を見た。午後八時を回っている。今夜だけ泊まらせる、というのが落とし所だ。案の定、夫は今夜一晩だけ休ませてやって欲しいと言った。

「怪我でもしてるんですか？」

「教会の前に倒れていた。調べてみないと分からないが打撲傷などを負っているようだ」

「お風呂は使わないで頂戴」

「分かった」

若者が、掌のような大きな舌で八宝菜の皿を舐めている。夫は食後の祈りの言葉を唱えた。きっと自分は食べていまい。こっちだって食べてないのよ、と春江は思った。しかし、その理由については考えないようにした。夫は椅子から立ち上がって「さあ光男君」と声を掛け、若者を立たせて礼拝堂の方へ向かわせた。春江は台所を出て行く夫の背中に声を掛けた。

「うちのスーパーで万引きした青年よ」

夫は振り向いて黙って頷いた。

「どうして名前が光男って分かったの？　喋らないのに」

「私が名付けた」

そう言うと夫は、居間の方へ行こうとする光男の肩に手を回して礼拝堂へと誘導した。

春江はテーブルの上の食器を片付け始めた。八宝菜の平皿はピカピカに光っていたので、特に念入りに洗った。洗い物をしている内に、喉の奥に引っ掛かる繊維のようなものを感じて気持ちが悪くなった。春江は慌てて冷蔵庫からアップルジュースの紙パックを取り出して飲んだ。しかし喉の引っ掛かりは流れていかない。今夜はきっと、何も食べられないだろう。

春江は台所のテーブルに両肘を突いてぼんやりした。

貧しい人間を助けるのは重要な「エッセンシアル仁愛」の実践行であり、夫の強い希望で、嘗てはここに四人のホームレスが暮らしていた。しかし度が過ぎた「エッセンシアル仁愛」のスピリッツが裏目に出て、共同生活は数ヵ月で破綻した。信者たちにはホームレスたちに自立の目処が立ったからと説明したが、日々酷くなる彼らの蛮行によって次第に衰弱していく支部長夫妻を見ていた信者たちは、共同生活の終わりに安堵したに違いない。以来、夫婦の間で共同生活の実践は金輪際しないというルールが取り決められたが、春江には夫に対して釈然としないものが残った。ずっと抑え込んできたそれが、今夜再び大きく盛り返してきた気がした。信仰とは一体何なのか、以前からずっと分からないできたが、今夜を境に一層分からなくなりそうだった。そもそもキラスタ教とは何なのかを、彼女はよく分かっていなかった。恐らく夫も、そして本部すら、きっと本当には分かっていないのだ。

春江は立ち上がり、茶簞笥の抽斗の奥から煙草の箱を取り出して一本抜き取り、ガスコンロで火を点けて換気扇の下で吸った。煙が喉に絡まって何度か噎《む》せた後、頭がクラッとした。喫煙は本部発行の『日常生活の栞』の教えには当然反するが、もっと悪いことの前では大した問題ではないと思った。

庭から微かに水の音が聞こえてきた。夫が光男の体を洗っているのかも知れない。まさか夫は、光男の服や下着を家の洗濯機に入れることはないだろうが、しかし自分の服や下着を彼に与えることだろう。それで何かをしたような気になれるのなら、何と安上がりな信仰だろうと春江は思った。

四

水浴びをする光男の顔は、嬉しそうだった。兼本歓は光男の腰骨を摑み、玄関灯の光の方に向けて体の傷を精査した。古傷は点在していたが、新しい打撲痕や傷は見当たらなかった。汚れた服は盥《たらい》の水に浸し、その上から洗濯洗剤を掛けて置いておいた。光男には自分の体を自分で洗う習慣がないようで、兼本歓は石鹼を彼の体に擦り付けて赤子を洗うように洗ってやった。体の所々にザラザラした手触りの部分があり、脇の下や股間が特に酷かった。皮膚病らしかった。更にふと見ると、光男の背中に点々と黒い染みが浮き出ていて、触れようとして指を伸ばすとフッと消えたが、これは藪蚊だった。光男の体は、何故か洗えば洗うほど汚くなっていくように思えた。爪を立てて頭を搔くように洗ったせいか、禿の部分の瘡蓋が剝がれて血が滲んでいる。

「よし、綺麗になったよ」

体を拭くと、タオルが部分的に赤黒くなったので盥に浸け込み、光男にパンツとパジャマを着せた。それから礼拝堂で待たせておいて、盥の洗い物を手洗いして物干し竿に吊るした。

礼拝堂に戻ってみると光男はおらず、探すと台所で春江と光男とが向かい合っていた。

「それを飲んだら寝て頂戴」

春江はそう言って、光男の持った紙コップにアップルジュースを注いでいる。

「有難う」兼本歓は言った。春江は光男の顔を見ながら「頭を掻かないで。フケが落ちるわ」と言った。

「湿疹なんだよ」

すると春江は茶箪笥の抽斗から一本のチューブを取り出して夫に手渡した。

「ステロイド剤よ」

「あ、助かるよ」

兼本歓は、その少しへしゃげたチューブを受け取ると、天井を向いて紙コップの最後の一滴を啜っていた光男の肩にそっと手を添えた。光男はその手から逃げるように体を離すと、空の紙コップを春江の顔の前でヒラヒラさせた。春江は「あんまり飲むとおねしょするわよ」とでも言うような顔で、手に持っていた紙パックからアップルジュースを紙コップに半分ほど注いだ。すると光男は、口の中にぶちまけるようにして一気に飲み干すと、春江の顔スレスレに紙コップを近付けて再びヒラヒラさせた。その顔は純粋な欲望に満ちていた。春江は顔を仰け反らせながら露骨に嫌な顔をし、その顔を見た兼本歓の胸中は瞬く間に歓喜の感情に満たされた。

二人で階段を上り、書斎に入った。兼本歓は、執筆に疲れた時に体を横たえるソファに光男を座らせると、「ゆっくりして下さい」と言った。そして兼本歓は机の上の原稿用紙に向かった。執筆は彼にとって「エッセンシアル仁愛」の実践行の重要な一部であり、一日も疎かにしてはならない信仰の証だった。彼は昨晩書いた部分を黙読してみた。

「……死は物質としての活動の終わりであるが生命の終わりではなく、生命の属するランキング・ポジションがジス・ワールドからザット・ワールドへ、即ち現世からゴッズ・ワールドへと移行するということを意味する……」

こんな当たり前のことを書いて、と思った時、背後から擂《す》り鉢を擂り粉木で擦るような硬い音がしたので振り向くと、光男がお辞儀の姿勢になって、両手の爪で猛然と頭を掻き毟っている。ピンク色のカーペットの上には、絶え間なく粉雪が舞い落ちていた。

「あんまり掻くと、血が出ますよ」

兼本歓はそう言って微笑むと、再び原稿用紙に向かった。胸の内には自分の書いた文章に対する疑念が大きく膨らんでいたが、自分の背後に光男がいるだけで、この執筆がたとえどんな愚行であっても、瞬間瞬間にゴッズによって新たな意味が付与されるのだと思えば大いに慰められた。何故なら光男のような存在は『キラスタの栞』にある「カカリュード」だからである。

「総じてカカリュードは、よし汝がそれを世話するならば、汝の如何なる愚行をもゴッズの御眼鏡に適う祝福された善行へと刻々と脱俗させていくこと請け合いである」（「カカリュードの部」第三章二十四節）

カカリュードとは掛人《かかりびと》の転じた呼び名で、他人に世話をして貰って生活する人のことである。以前、共同生活を共にした四人のホームレスも典型的なカカリュード達であり、だからこそ兼本歓は彼らをこの家に引き込んだのだった。彼らは最初の数日は遠慮がちに振舞ったが、すぐに身勝手さを発揮し始めた。春江の作る食事に文句を言い、家の中で我が物顔に終日ゴロゴロし、不潔で、下品で、礼儀を弁えなかった。「エッセンシアル仁愛の学び舎」の日に兼本歓が説教をしている間に、家の中で春江を取り囲んで笑いながら小突いていたこともある。その時は、皮膚科医の酒牧次郎が異変に気付いて春江を彼らから引き離し、大事には至らなかった。「トイレをお借りした時、家の中から支部長夫人の黄色い声が聞こえまして、慌てて様子を見に行った次第です」と酒牧次郎は説明した。原因は、春江が彼らに庭の草抜きを強要しようとしたことにあるらしかったが、春江は強要などしていないと言い張り、ホームレス達の説明にも一貫性がなく、結局はよく分からなかった。彼らが来て二週間ほどで春江は早くもこんな暮らしは耐えられないと訴えたが、兼本歓は『キラスタの栞』の「カカリュードの部」を春江に写経させ、支部教会の未来はこの共同生活の成否に掛かっているのだ、信者達も事の成り行きを注視している、と説得した。それをいいことに、ホームレス達は益々図に乗り、或る日兼本歓が本部への出張を早めに切り上げて帰宅すると、下着姿の春江が台所に立ち、組んだ腕にたわわな乳房を抱えて震えていた。問い詰めると、ホームレス達が突然服を脱げと脅してきて、その格好のまま讃美の詩「我が罪を掻き出し賜え、いと高きゴッズよ」を繰り返し歌わされたという。追い出されることを恐れてか、彼らがレイプに至らなかったのは不幸中の幸いだったが、それでも春江は「これでもか」という顔で夫を睨み付けてきた。兼本歓の心の中にもさすがに怒りの感情が膨らみ、彼は居間でトドのように横たわっている四人に「おいっ」と声を掛けた。ゆっくりと振り向いた彼らの、いつになくイノセントで、揃って窓から差し入る西日に溶け込むように柔らかな表情を見た瞬間、彼は一つのことに気が付いて息を呑んだ。怒りは即座に消えた。兼本歓は、彼らが今まさに「泥溜り」の中にいると確信したのである。

「泥溜り」は『キラスタの栞』の「罪科の部」に記述された、人間の陥る罪の状態を表す語の一つである。解釈には諸説あり、それだけに兼本歓のような研究者にとっては魅力的な概念だった。

「土から生まれた人間は土へと還る。土に水が加わって泥になる。幼子は泥遊びに興じ、長じて人間は数多の泥の誘惑に自ずから屈していく。泥溜りに浸る者は泥に依存し泥に中毒して泥に死ぬ。泥に溺れたままの者はゴッズの目に入らない」（「罪科の部」第二章十四節）

幼い頃に泥に身を浸した遠い記憶が、兼本歓の脳裏に甦った。ホームレス達は今や、支部教会での共同生活という「泥溜り」の中に全身浸り切ってしまっているのである。彼らは堕落し、容易には抜け出すことが出来ない悦楽の阿片窟に堕ちたのだ。そしてこの阿片窟を準備したのは、他ならぬ兼本歓自身であった。ここにこそ、彼はこの問題の難しさを見出した。自力で生活していくことが難しい人間に手を差し伸べた結果、結果的に彼らにとっての「泥溜り」を作ってしまったということ。では彼らをして、どのようにこの「泥溜り」から抜け出させるべきか。これは彼に課せられた試金石に違いなく、そして大変興味深い研究課題だった。

「罪科の部」にはこんな記述もあった。

「泥に沈んだ人間を洗い流す者は、ゴッズの聖なる仕事の分有者である」（第三章十五節）

研究者によっては、泥溜りに在る人間こそ最も罪深く、そして彼らを救う者こそ最も信仰篤き者であると解釈する者もいた。最も罪深き者は、最も原初の形態に近い姿を取る、ということらしかった。その一方で犀や象のように、泥と戯れることで体表の寄生虫を取り除く動物がいるように、一旦泥溜りに塗れることは「清祓い」としての意味があるのではないかという研究者もいた。であるならば、兼本歓が彼らのために「泥溜り」を作ったのは罪とばかりも言えないということになる。この辺りの解釈の難しさを、共同生活という「エッセンシアル仁愛」の実践行を行いながら追究していきたいという燃えるような欲求が彼の中に芽生えた。

それからの数ヵ月間、春江はどんどん寡黙になり、ストレス性のアレルギーを発症して酒牧皮膚科で診て貰ったりした。しかしその結果、春江から支部教会の収支の実態を聞き及んだ酒牧次郎から破格の寄付の申し出があり、赤字だった教会の運営は格段に楽になった。

「全てをゴッズは見ておられるんだ」

そう言った兼本歓の言葉に、春江は「そうね」と答えた。

ホームレス達との共同生活は家庭にとっては一種の災厄だったが、支部教会には酒牧次郎からの寄付金を、そして兼本歓の信仰生活にとっては『キラスタ教の霊的思想の研究』の執筆の進捗を促すという恩寵を齎した。何より彼は「カカリュード」と「泥溜り」とを組み合わせ、「カカリュードの泥溜り」というオリジナルな概念を創出したのである。それは、他人の世話になるということに依存して中毒になってしまうという、カカリュード特有の「泥溜り」の発見であった。即ち「泥溜り」に堕ちたカカリュードを世話することは、そうでないカカリュードを世話することよりもより多くゴッズの御眼鏡に適うということを、兼本歓は理論的側面と実証的側面から証し立てたのだった。それは、彼の『キラスタ教の霊的思想の研究』の執筆経験の中で最も充実した数ヵ月間であった。

五

相手に対する不快感が募れば募るほど、「エッセンシアル仁愛」の度が深まることは「御世話」の鉄則である。春江のような俄信者にはなかなか得心のいかないこの「御世話人」の「聖なる痛み」を兼本歓が激しい動悸と共に思い出したのは、真夜中に物音に気付いてソファの上で目を覚まし、椅子に腰掛けて机の上の物を盛んに弄っている光男の背中を見た時だった。紙を裂くその音から、兼本歓は命より大切な自分の原稿が光男によって破られていることを知った。

「何をしていますか？」兼本歓は光男の背中に訊いた。

するると突然、光男の手元から紙をクシャクシャにする音がした。

「何をしていますか？」彼は重ねて訊いた。光男の腰が椅子の上で跳ね上がり「はっは、はっは」とリズミカルな息遣いが聞こえた。

「楽しいんですか？」

何かを回転させる音に続いて液体が零れる音がしたので、兼本歓は思わず上体を起こし、「あっ」と声を上げた。机の上には色の違う三つのインク壺が置かれていて、光男の手に握られた一番大きなインク壺から黒いインクが飛び散っている。立ち上って光男の肩越しに覗き込むと、ブックエンドに挟まれた貴重な参考文献やグシャグシャにされた机上の原稿などの上に、広範囲に亘って黒い雨が降り注いでいた。兼本歓は椅子の背凭れを摑んで回転させ、「おおマイゴッズ！」と唸りながら光男の首に手を回して抱き締めようとしたが、反対に突き飛ばされてカーペットの上にドンと尻餅を突き、そのまま仰向けにひっくり返った。首を持ち上げてキッと光男を見ると、その様子が面白かったのだろうか、光男は声を立てずに黄色い歯を剝いて笑っている。兼本歓はゆっくりと起き上がって直立し、盛んに頷いた。それから光男に向かって手を合わせ、徐々にその場に跪きながら「有難うございます」と小さく呟いた。このような場面で行われる感謝こそ最も気高い「御世話」であり、真の「エッセンシアル仁愛」の発露であるのは勿論だったが、それが傲慢の罪に当たらぬよう、全ては控え目に行わなければならなかった。

光男はぼんやりした目で彼を見ていた。兼本歓は嘗てホームレスによって切り取られてしまった右耳の傷痕を撫でながら、優しく光男を見返した。そして、再びゴッズが遣わして下さったこの光男という賜物によって齎されるであろう恩寵に、密かに胸躍らせた。すると光男が突然机の上の電気鉛筆削りを摑んで振り上げたので、兼本歓は狂喜して自分の頭を差し出した。電気鉛筆削りのコードが蓋の開いたインク壺を引っ掛けて床に落としたのを見届けた瞬間、視界は頭蓋を砕く音と共に暗転し、兼本歓は暗闇の中で「当たりだ」と呟いた。

「またなの。その顔は何？」

「何でもないよ」

「そうなの？」

「ああ」

兼本歓は、台所の窓に当たる朝日の弱さに季節の変化を感じた。春江はイチゴジャムをたっぷり塗った食パンの残りを口の中に捻じ込み、ホットコーヒーを啜って喉に流し込むと勢いよく椅子から立ち上がった。

「では、もう行きますから」

「ああ」

光男はいつも、昼前にならないと起きてこない。大きな荷物を提げた春江の後姿を見送った後、兼本歓はテーブルに向き直ったが、包帯をした手指では食パンを上手く摘むことが出来なかった。当然、字を書くことも難儀で、原稿は殆ど進んでいない。しかし頭の中は、光男との共同生活の中で見出された新しい解釈や発見に満ちていた。

光男が家に住み着いてから、一ヵ月が経とうとしていた。この間、「エッセンシアル仁愛の学び舎」も閉じている。今朝春江が指摘したのは、昨夜光男に付けペンで引っ掛かれた左目の下の擦過傷のことだった。結構な抉られようで、本来なら何針か縫わねばならないのかも知れなかったが、応急処置として傷テープを四枚貼って傷口を閉じていた。最早彼の生活は、十八世紀にフランスで流行したキリスト教の痙攣派のように、「死にながら生きる」という状態に近かった。光男からの責めがない日には、敢えて光男の怒りを煽るような挙に出ることもあった。光男は他人からされたことは全て覚えていて、すぐには行動に移さなくても日を置いて必ず復讐するから、それは少なくとも貯金にはなった。最初はあの裸の老人がデビルズの化身であり、墓地にいた光男に暴行を加えたものとばかり思っていたが、今では裸の老人はたまたま居合わせた小悪魔に過ぎず、本物の暴漢は光男で、若いホームレスをボコボコにしたのではないかと兼本歓は考えるようになっていた。光男は、嘗ての共同生活者の四人、即ち二人の老人と、よく喋りよく笑う若者と、そしてポテトのことを「ポテイト」と発音する中年男に共通するあの無慈悲な冷酷さを備えていた。

兼本歓は包帯をした不自由な両手で食パンを摑み、口に運んだ。

彼のパンにジャムすら塗らずに出て行った春江は、二度と戻って来ないかも知れない。

二階でドンと音がした。

兼本歓は傷テープを押さえながらパンを咀嚼した。

光男が何か叫んでいる。

兼本歓は笑った。

今朝起きた時から、最高の発見が彼の心を鷲摑みにして放さないのである。

それは彼の発見した「カカリュードの泥溜り」の定義をもう一段、深みへと更新するものだった。

「ふふっ」彼は声を上げた。

即ちそれはこういうことだ。今までの「カカリュードの泥溜り」は、ホームレスの四人や光男のようなカカリュードが兼本歓の提供する過剰な「御世話」という「泥溜り」に溺れ、中毒症状を起こして抑制が効かなくなって暴力性を発動させるというような事態を意味した。しかし新たな定義は、それとは百八十度違うものだった。つまり兼本歓のような「御世話人」の方が、カカリュードという「泥溜り」にどっぷりと首まで浸かって抜け出せなくなることこそ、「カカリュードの泥溜り」の真の意味だったのである。

それはまさにゴッズへの最接近を意味した。

二階から再びドンという音がした。

兼本歓は慌てて椅子から立ち上がると、天井に向かって「はい、只今！」と声を張り上げた。

死者にこそふさわしいその場所

一

秋祭りが近付くと、他の町同様に折口山町の献灯台にも灯りが灯り、だんじり小屋からは篠笛、鉦、太鼓といった鳴り物の練習の音が流れてくる。嘗て夜に気勢を上げて街中を疾走していた青年団の走り込みは、騒音や車の通行に配慮して近年は自粛傾向にあるが、本番が迫るに連れて町全体が熱を帯び、否応なく血が騒ぎ始める町民は徐々に浮き足立ってくる。

「捨て身祭り」の異名を取る秋祭りは迫力あるだんじりの曳き回しが見もので、曲がり角を直角に曲がる場面ではだんじりが横滑りしたり横転したりして、時に圧死者も出た。折口山町を含む十五町のこの過剰とも言える熱狂振りは二百五十年に亘って受け継がれてきたが、自分達の中に流れている血潮の源を正確に知る者は一人もいない。それでもしきたりは厳格に守られ、盆を過ぎると各家の表札や門扉や軒下には人型の護符が束となってぶら下げられた。護符には目玉が一つずつフリーハンドで描かれていて、強風に吹かれて一斉にはためくとそれはまるで多くの目が忙しなく瞬きをしているかのように見えた。千切れた護符の目は風に運ばれて町のあちこちに散らばり、町民が祭りに捨て身になっているかどうかを見極める監視の役割を果たすと言われていた。従って秋祭りの季節になると、子供から老人までが道に落ちた護符を見付けては、突然秋祭りの掛け声を叫んだり、手近な物を手に取って鉦のリズムを叩いたりして浮かれ出すのである。

町の中には当然のことながら、このような熱狂を心の底から忌み嫌う人間が存在した。夕方になると聞こえてくる鳴り物の音に耐えかねて、傾き始めた夕陽に背を向け、自分の影に導かれるようにしてその男が目指すのは、彼にとっては馴染みの場所である町外れの植物園である。植物園へと続く車道は住宅街への抜け道になっていたが、雑木の枝のアーチに覆われていて昼間でも薄暗く、鳴り物の音を含めた町の喧騒を完全に遮断して静まり返っていた。時に車が通り過ぎるばかりで、人通りは殆どない。やがて右手奥にだだっ広い敷地と古びた建物が見えてくると、男は車道から逸れてスッとそちらの方へと吸い込まれていった。この世に現れた冥府の口に呑まれたかのようにも見えたが、よく見ると男の他にも、朽ちた建物や泉水を縫うように何人かの黒い影が亡者のように移動しているのだった。彼らはこの場所を好んで散歩する常連達で、互いに決して知り合おうとせず、どこまでも見知らぬ者同士として存在することを暗黙の了解事項としている者達だった。

あちこちに点在する大小の泉水の中でも植物園の正面に位置する大泉水は一際堂々としていて、ここに来た誰もが一旦は立ち寄っては縁越しに中を覗き込んだ。そして蓮の葉を浮かべた漆黒の水にじっと見入ったり、小石を投げ入れたり、或いはがっかりしたような表情を浮かべては、また夫々思い思いの方向へと立ち去っていくのである。

男は大泉水の周りを、縁に沿ってゆっくりと移動した。

まだ歳若く、目を細めて周囲を覗うその顔は、狐のようだった。

狐男は目についた人間の顔をジロジロと見た。それは人定めをしているようにも、相手を挑発しようとしているかのようにも見えた。他人を避けるためにのみここに集い、離れて眺め合う以上のことはせず、目が合えばどちらからともなくそっと逸らすような遠慮がちな人々の中にあって、その目は場違いな輝きを帯びていた。

大泉水の縁に両手を突いて前屈みになって黒い水面を眺めていた女は、ふと視線を上げ、大泉水の反対側から自分の顔をじっと見ている狐男に対して、体を起こして背筋を伸ばし、コオロギに似た顔を真っ直ぐに対峙させた。まだ学生であろう狐男は、三十代と思しきコオロギ女のきつい視線に気圧されて一瞬伏し目がちになったが、すぐに気を取り直して再び視線を彼女に合わせた。大泉水を挟んで、二十代の学生風の男と、三十代の、一見すると痩せて見えるがしかしゆったりしたワンピースの下の胸や腰周りにはかなりの肉が詰まっていそうな女とが、十数秒間見詰め合う格好になった。それが可能だったのは、彼らの距離が大泉水によって充分に隔てられていたことに加え、夕闇の薄暗さも加わって互いの表情が不鮮明であったことが影響しているかも知れなかった。コオロギ女は視線を狐男に固定したまま、顔の向きを僅かに横向きにしたり目を細めたりしていて、それは視力の弱い人間のお決まりの所作のようにも見えた。

やがて狐男はこれ以上の緊張感に堪えられなくなったとでも言うように、或いはこの見詰め合いにこれ以上意味を見出せなくなったのか、フッとコオロギ女から視線を外すと踵を返して大泉水から遠ざかっていった。その後ろ姿をコオロギ女は目を細めてじっと見送っていたが、やがて大泉水の縁に両手を突くと再び黒い水や蓮の葉の上に視線を落とした。それから暫くの間、彼女はたまに腕時計を見る以外は石のように動かなくなった。

「久し振りだな、ゆき子」

声を掛けられた時コオロギ女はビクッと体を震わせ、すぐ傍に立っていた男の顔を穴の開くほど見詰めた。

「富岡さん……」

富岡と呼ばれた男は腕時計を見た。

「ちょっと遅れた。待ったか？」

ゆき子は「少し」と答え、「知り合って丁度二年半になるのね」と言うと口を固く結んだ。

「そうだな」

「この半年間、元気にしてたの？」

「ああ。お前は？　少し太ったか？」

ゆき子はそれには答えず小刻みに頷くと、俯いて洟を啜った。

すると富岡は周囲を見回し、「さっきのは誰だ？」と訊いた。

「さっきのって？」

「ここでお前と見詰め合ってた若い男」

「知らないわ」

「おいおい。赤の他人とあんなに長く見詰め合わないだろう普通。新しい彼氏か？」

「富岡さんかと思って見てたのよ。でも、よく分からなくて」

「隠さなくてもいい」

するとゆき子は咄嗟に自分の耳を叩いた。それから大泉水の黒い水の中に手を入れて、ジャブジャブと掻き回した。

「富岡さん……」

「何だ？」

ゆき子は蓮の葉の端を少し持ち上げると、水面に落とした。

「変わってないわね」

富岡も自分の耳を叩いた。

「蚊がいるな」

「この水、臭いわ」

「移動しよう」

そして二人は大泉水から離れ、植物園の建物の方に向かって歩き出した。富岡がぴたりと体を寄せてゆき子のワンピースの上から尻に触れると、彼女は蠅でも追うようにその手を払い、小走りになって逃げた。富岡は追い掛け、ゆき子の細い肩に手を回して首筋に鼻先を埋め、会わなかった半年間分の匂いをいちどきに取り戻そうとするかのように盛んに息を吸い込んだ。ゆき子はイヤイヤをし、「やめてよ」と言いながらも少し笑ったりもし、しつこい頭を手で押し退け、押し退けられる度に富岡は豚のように鼻を鳴らして「胸が大きくなった」などと言い、そのようにして二人はゆらゆらと揺れながら歩き去って行った。

二

植物園の中心には、ガラスドームの巨大温室がある。

天井ドームのガラスの殆どは崩落していて、床には無数のガラス片が散らばっていたが、高い場所で尚割れ残っているガラスもあり、中にはゴムパッキンにぶら下がって風に揺れているる一枚ガラスもあって大変危険だった。当然温室の入り口は、行政の手によって何枚ものコンパネが打ち付けられて立ち入り禁止になっていたが、全面ガラス張りの壁の殆どは割られていて、実際はどこからでも侵入可能だった。ガラスドームの内部では、元々ドーム内にあった植物と、外から侵入してきた植物との間で陣取り合戦が繰り広げられていたが、日照や土の不足から植物の少ない場所もあり、そのような地点を縫うようにして、不法侵入者達が夫々の思いで開拓した複雑な遊歩道が形成され、交錯していた。一目で道と分かる道もあれば、一定の目的を持った目でなければまず見出せない道なき道もあった。

楓の大樹の下に、ガラスの割れた壁を潜ってドームの中に入ろうとする夫婦らしき老いた男女の姿があった。外にいる老婆の歩行車を、中にいる老人が持ち上げながら懸命に引っ張り込もうとしている。こんな時間、周囲の薄暗さにも増して尚暗いガラスドームの建物内に、この老夫婦を惹き付ける一体何があるのか。歩行車には車輪が四つと小さな籠が付いていて、後輪の二つがガラス窓の枠に引っ掛かって動かなくなっている。

「おい、引っ張らずに押さんか」

「何ですかっ」

「闇雲にやるな」

老婆は耳に手を当てて「分かりません！」と叫んだ。

老人の方こそ闇雲に力任せに引っ張っているように見え、彼らの努力は永遠に報われることはないと思われたその瞬間、たまたま二人の息がぴたりと合って歩行車は難なく窓枠を越えて中へと滑り込んだ。「ほおっ」と声を上げて前のめりになった老婆の体を咄嗟に支えた老人は、顎を二重にして「むー」と唸りながら妻の顔を見た。老婆は夫を見返して瞬きをし、互いにそのまま数秒間見詰め合った。

それから二人は、最も歩きやすい道を選んでゆっくりと移動し始めた。彼らの靴底と歩行車の車輪がガラス片を踏む音は終始控えめだったが、時として割れたガラスが暴力的に空気を引き裂き、びっくりするほど鮮明で大きな音がドーム内に鳴り響いた。すると何かの小動物が叢の中を遠ざかる音や鳥の羽音が聞こえ、恐らくどこかでひっそりと息を殺しているに違いない別の散歩者の息遣いまでもが、異様なリアルさで感じられるのだった。

老夫婦は時々立ち止まった。

それは疲労からではなく、彼ら二人が共有する特別の記憶と結び付いた場所に否応なく足止めされるからに違いなかった。彼らは、今は枯れた植物の棺桶でしかない大きな鉢や、崩れたアール・ヌーヴォー様式の螺旋階段や飾り棚の前で立ち止まっては、どちらかが我に返って移動し始めるまですっかり心を奪われていた。一種の痴呆状態とも言えるその陶酔の相貌は、この夫婦が目の前のガラクタを透して、熱い血潮が漲った若かりし頃の自分達の弾けるような肢体を幻視していることを物語っていた。このガラスドームの温室は、嘗て人目を忍んで二人だけの密かな性愛の交歓を愉しんだ場所であるに違いなく、この時間帯の薄暗さこそが彼らの老いを覆い隠し、悦楽に満ちた回想を可能ならしめる格好の演出装置になっているのだった。

「笑い顔が……」半眼の老人が呟いた。

老婆はそれに気付かずに、「キソウテンガイ」と記されたプレートが埋め込まれたコンクリートの鉢を眺めていた。

「笑い顔が、可愛い」

振り向いた妻の両頰には深い陥没があり、老人はその時、今初めてそれを見たかのように眉を顰めた。

「これはどうした？」

「何ですかっ」

「この窪み……」

老人は両手で妻の顔を持つと親指を陥没に添えて「この窪みは一体」と言うと、そこで一旦一呼吸置いてから、彼女の額に口を近付けて「何だぁ！」と叫んだ。この「何だぁ！」の声は、老人特有の抑制のなさによってびっくりするほどよく通り、ガラスドーム全体にワンワンと響き渡った。

すると老婆は夫の手の中で何度も頷いて、「オルガノーゲンです！」と昔の美容整形の注入剤の名を答えた。オルガノーゲンで膨らんでいた頰が、長い年月の経過によってすっかり凋《しぼ》んで陥没したものらしい。

「そうだった……」

老人はそう言うと、妻の背中に手を回してそっと促した。

二人はまた歩き始めた。

老人の指先が、妻の背中の起伏をなぞるように撫でている。


一人の男が、老人の発した大声にビクッとして立ち止まり、声の方向をじっと凝視した。五十代前半だろうか。男には右耳がなく、両手の指に包帯を巻いていて、左目の下には抉られたような傷痕があったが、その怪しい満身創痍の風貌にも拘らず、詰襟の黒服を纏ったその佇まいにはどこか聖職者然とした気品のようなものが感じられた。

彼は「光男……」と呟いた。

「何だぁ！」という声は、割れたガラスの天井を抜けて夕闇の空へと雲散霧消していった。暫く放心したように空を仰いでいたこの右耳のない男は、突然ハッとして我に返ったかと思うと踵を返して小走りに駆け出した。その声が、光男という名の男の手掛かりだと判断したらしい。

上から眺め下ろすと、老夫婦と右耳のない男との距離は直線距離で十メートルほどだったが、植え込みや壁や陳列棚、雑木のトンネルなどに隔てられて彼らには互いの姿が見えていなかった。しかし双方が同じ道を歩いていたので、機械的に引き返すだけで右耳のない男は簡単に声の主を発見することが出来た。

老婆にはよく見えなかったようだが、老人は、さっき自分がうっかり叫んでしまった声の出所を目の前の男が探しにきたに違いないと思ったのだろう、身を固めて迷惑そうに視線を逸らせた。そして右耳のない男が纏っている、どこか浮世離れした不穏な空気を吸い込まぬように「んふーっ」と鼻息を吹き出すと、妻の背中を強く押した。老婆は黙って弱った足を速めた。

彼らが擦れ違った時、老人は右耳のない男の顔の傷や手指の包帯を見て取ったに違いなく、右耳のない男は擦れ違った後に立ち止まって振り返り、老人の後ろ姿を見送りながら両目を剝いた。そして上着のポケットから手帳を取り出し、暗い中で目を凝らし、包帯をした手で不自由そうに、その日の日付と時刻に加えて「大温室にて、墓場にいた裸の老人を見付ける。小悪魔であり、デビルズの手下の。」と乱れた大きな文字で書き記した。植え込みの角を曲がる時、老人はチラッと後ろを振り向いた。右耳のない男は咄嗟に何か言いたげに右手を挙げ掛けたがすぐに思い止まり、首を竦め、小悪魔の放った邪悪な霊力を祓う目的からか、口の中で呪文らしきものを唱えながら宙に図形を描き出した。彼はそれが神的な力を発揮するものと信じているらしかったが、如何にも付け焼刃の印象で実際はほんの気休め程度のものに過ぎないと思われたし、老人の方も何ら特段の悪魔的な力など持ち合わせていないのは明らかだった。

しかし植物園全体を視野に入れるならば、今にも何かが起こりそうな不穏な空気は複数の場所で大小の渦を巻いていた。

三

右耳のない男は暫くの間ぼんやりとその場に佇んでいたが、やがて周囲を探りながら移動し、或る地点まで来ると急に腰を屈めて草を掻き分け、暗い脇道へと入っていった。それは緩い下り勾配の細い道で、元々はサボテンのエリアへと続く抜け道のようなものだったが、今はかなり頭を低くしなければ前に進めないほど雑木や雑草に覆われていた。右耳のない男がそこに分け入っていったのは矢張り光男を探してのことだったろうが、彼自身が別の男に発見されるという不本意な事態を招くことになる。

背筋を伸ばせる場所まできた時だった。

「何じゃい」と声がした。

右耳のない男は、地の底から立ち昇ってきたかのようなその野太い声を耳にするや、背を丸め、両足を揃えて数センチ飛び上がった。仰天したのである。すると彼の足元の叢の中から、中年の男がむっくりと体を起こした。そして立ち上がると、右耳のない男の顔を覗き込むようにジロジロ見てからこう言った。

「おう、兼本支部長じゃねえか」

右耳のない男の位置からは、中年男の顔は暗い影の中に沈んで殆ど識別出来なかったに違いないが、その声を聞いて「ポテイトさん……」と呟いた。

ポテイトさんと呼ばれた中年男は、兼本支部長を上から下まで舐めるように眺めると、「耳、済まないことをしたな」と言って小首を傾げた。兼本支部長はポテイトに向かって手を合わせ、「有難うございました」と言った。

「まだそんなことを言っているのか支部長」

「私の信仰ですから」

「シスタル春江は元気か？」

「ええ、まあ……」

するとポテイトは笑った目で兼本支部長をギロリと睨め付け、それに気付いた兼本支部長はサッと目を逸らした。

「で、兼本支部長先生様はこんな所で何をしてるんです？」ポテイトが訊いた。

「人を探しています」

ポテイトはそれを聞くと、たっぷり十秒間かけて大欠伸をした。

「私が光男と名付けた喋らない若者です。ご存知ありませんか？」

「喋らない若者……俺達の後釜か？」

「はい」

「で、逃げられたわけか」

「そんなところです」

「で、そいつがここに来てるのか？」

「それは分かりません」

「ゴッズのお告げはないのか支部長。あんたまだ殴られたいのか？」

「お願いします」

　兼本支部長が下げた頭を差し出すと、ポテイトは叢に敷いたダンボールの上にゆっくりと腰を落とし、引っ繰り返って腕組みをした。そしてその場に突っ立ったままの兼本支部長を見上げて、枯れたサボテンの欠片を投げ付け「失せろよマゾ牧師」と言った。兼本支部長は合掌し、口の中で「牧師ではありませんが、有難うございます」と唱えると踵を返し、腰を屈めてもと来た雑木のトンネルを引き返していった。

　ゆき子は、叢の中から突然姿を現した兼本支部長の姿に驚き、「きゃっ」と悲鳴を上げて富岡の体に飛び付いた。兼本支部長は二人に向かって「失礼」と言った。その時富岡は兼本支部長の顔をまじまじと見詰め、忽ち表情を一変させた。兼本支部長は二人に背を向けるとその場から立ち去り、やがてガラスドームの壁の割れ目の一つから外へと出て行った。

　それから二人は、老夫婦の後を辿るようにガラスの破片を踏みながら歩いた。

「どうかしたの？」ゆき子が訊いた。

「何が？」

「急に押し黙っちゃって」

「さっきの黒服の男、右耳がなかった」

「ホント？」

二人は立ち止まり、申し合わせたように薄暗い周囲を見回した。

蚊の羽音が近付いてきて富岡の周りを旋回し、やがて遠ざかっていった。

「目の下に大きな傷もあった」

「見たの？」

「見た」

「何を？」

すると富岡は、兼本支部長を見た時と同じ表情になって、まじまじとゆき子の顔を見詰めた。

「何をって、何だ？」

ゆき子は鼻から息を吐き、首を微かに横に振った。

「傷のある人だっているわよ。そこに何を見たって言うの？」

「何だと？」

「何よ」

ゆき子は小鼻を膨らませた。富岡はその顔を見るなりその場から数歩離れ、ポケットから煙草を取り出して火を点けると深々と吸って白い煙を吹き上げた。

「半年間、何してたのよ」

「これでもこっちは、大きな危険を犯して連絡してやったんだぞ。そもそもこうなったのはお前のせいだろうが」

「奥さんの前で、どうして私を選んでくれなかったの」

「今更何を言ってる」

「いつも自分だけが苦しんでる振りをして」

「それはそっちじゃないのか」

「何が右耳よ、何が傷よ。そんな人、どこにでもいるじゃないのよ！」

「そうさ！　だからお前のマンションにもいたんじゃないのか！」

「何を言っているのか、さっぱり分らないわ！」

富岡はゆき子の足元に煙草を投げ捨て、火の粉が地面のガラスの破片の上を走った。それを見たゆき子の顔が忽ち燃える紙のように激しく歪んで、への字になった口から唸り声と共に恨みの言葉が搾り出された。

「いつもいつも、富岡さんは私を化け物みたいに見て！」

「……」

「気持ち悪くなって捨てたんだ！　ううっ」

ゆき子が泣き始めると、富岡は彼女に駆け寄って肩を抱き寄せた。

「そんなことはないよ」

大きく頭を振るゆき子を富岡は両腕できつく包み込み、幾つもの慰めの言葉を口にした。

「やり直そう」とか「責任を取る」といった言葉も、富岡の口から軽い調子でツルツルと零れ出た。その度にゆき子は少しずつ落ち着きを取り戻し、やがて二人は抱き合いながら唇を合わせた。富岡が自分の下腹部をゆき子の腹に押し付けて腰を振ろうとすると、ゆき子はさっと腰を引いた。

「ふふ」富岡がゆき子の両肩に手を置いて腕を伸ばし、全身を眺めてから言った。

「何？」

「やっぱりお前、ちょっと太ったな」

「ええ」

ゆき子は自分のお腹を撫で回す。

富岡は笑い、ポケットから煙草を取り出した。

「煙草は止めて」

「何だ今更」富岡は構わず二本目に火を点けた。

ゆき子は上目遣いにじっと富岡の顔を見詰めながら、尚もお腹を撫で回している。

富岡は、両足を踏ん張って立つゆき子から顔を背け、天井に向かって煙を吐いた。

そして咄嗟に自分の耳を叩いた。その叩き方が余りにも強かだったので、ゆき子は「ぷっ」と吹いた。富岡はゆき子を見遣り、彼女の手が延々と腹の上に描き出す幾重にも重なった円を長い間無表情に眺めていた。

四

車道から男女二人乗りの自転車が、植物園の敷地内に滑り込んで来た。荷台から降りた女は、男より年が上だった。男がスタンドを立てた自転車の前輪のタイヤカバーには、油性マジックで春日武雄と記されている。

「ここです、富田林さん」

「こんな所がお気に入りの場所なのね」

「はい。あれが大温室です」

二人は植物園の外周を巡る遊歩道を横切り、ガラスドームに向って歩いて行った。

数分後、その遊歩道を、追い立てられるような足取りで十人ほどの集団が歩いて来た。その集団は一見して普通ではない雰囲気を帯び、個々バラバラの印象を与えた。そしてよく見ると成員の一人ひとりには、奇妙な行動上の特徴があった。手指で空中に図形を描きながら口に無言の呪文を唱えている中年女、黒革の手帳を手にして頭にハンチングを被った老人、「馬鹿野郎」「こん畜生」と悪口雑言を呟き続ける老婆A、首に高級スカーフを巻き「ぴゅっぴゅっ」と無意味な言葉を連発する中年男、間歇的に「何か来るよ！」と叫ぶ老婆B、押し出しのよい中年女と、その女と手を繋いで歩く初老の男などが競うように歩いている。それは恰も、三流のアングラ劇団が「行進」という奇怪な大道芸を披露しているかのようであった。

この集団の先頭には白衣の女性看護師が、最後尾には同じく白衣の男性看護師が付き添っていて、その男性看護師に急かされるようにして、どこかだらしない感じの四十歳ぐらいの女が遅れ気味に歩いていた。

その女が疲れて立ち止まろうとした時、男性看護師に「止まるな高岡」と言われ、大きな掌で背中を押された拍子に足が縺れて転びそうになっている。

「何よこの散歩、ペースが意味なく速いのよ」と高岡は男性看護師に文句を言い、前の方に向かって「中津川さん！」と叫んだ。その声を聞いて、初老の男を従えた押し出しのよい女が近付いてきた。

「どうしたのミユ」

「もうリタイヤしたいんですけど」

「大温室まで頑張りなさい。貰えるものが貰えなくなるわよ」

「どうしてこんなにハイペースなんですか?」

するとと中津川は笑って「皆、エネルギーが有り余っているのよ」と言い、犬の散歩のように初老の男の手をグイと曳いて元のポジションへと力強く引き返していった。

すると入れ替わりに高岡ミユの横にぴたりと体を寄せたスカーフ男が、彼女の耳元で「疲れた?」と囁いた。

「いいえ」

「ちゅかれてない?」

「はい」

「ぴゅぴゅぴゅっ」

「おい山田、定位置に戻れ」男性看護師に叱責されたスカーフ山田は、即座に逃げ帰った。

「みんな櫻田先生から何か盛られているんじゃないの?」

そう言って男性看護師を振り返ったが、彼は鉄仮面のような表情を崩さない。

「あなたもどうせ、アルバイトの贋者なんでしょう?」

その時大きな声がした。

「私は痙攣する! 痙攣は快癒させる! 私は鞭で打たれて無知となる。鞭の先端は尖っている。私は釘で打ち付けられる。私は死んでいるように見える。私は劇的に変わる。その激化は、打擲する者への愛によって生まれる！」

ハンチングの老人は黒革の手帳をパラパラと繰って言葉を決めるとこのように大声で暗誦し、続けてキッと目を凝らし、手帳を読み上げる形で外国語の詩を誦読した。中年女がその音に口の形を合わせるようにして無言の呪文を唱え、人差し指の先で空中を撫で回し始めると「ぴゅっぴゅっ！」とスカーフ山田が囀《さえず》り、彼らを横目で見ていた高岡ミユが「金持ちの偉い人達が集まって精神病の振りして何が楽しい」と呟いた。

するとと男性看護師が再び背中をドンと突き、高岡ミユは「あ」と声を上げて前につんのめった。

この集団が、如何にも落ち着きのない足取りで植物園の外周に沿って大きく弧を描き、漸くガラスドームの大温室に差し掛かった時、老婆Bが突然「何か来るよ！」と叫んだ。間髪を容れず「何も来るもんか」とスカーフ山田が言った時、割れたガラスの壁の中から突然黒い塊が飛び出してきた。その小動物はドンとスカーフ山田の向こう脛に激突し、その衝撃で頭から地面に突っ込んで砂煙を上げた。そして懸命に四足で土を掻いて体勢を立て直しながら、猛然と走り去っていった。

「何だ今のは！」スカーフ山田は蹲って向こう脛を押さえながら叫んだ。

「アライグマよ」中津川が言った。

するとみなが皆がドッと笑った。

その時、一様に暗い影を落としていた彼らの顔がパッと明るみを帯び、バラバラだった集団が一挙に一つにまとまったように見えた。

高岡ミユの言うように、彼らが皆社会的地位のある恵まれた人々であるとして、そうでありながら夫々が一時的にでも精神病者の振りをしなければならない何らかの理由を抱え持っていたとすれば、そのこと自体がのっぴきならぬ精神の乱調を物語っていると言える。しかしそれも、彼らが今正に共有したところの突然の哄笑が、心身の強張りを解し、且つ生の流動性を取り戻させた光景を目の当たりにすると、精神病者という外皮が、この解放の瞬間をより一層歓びに満ちたものにするために彼ら自身が意図的に纏った機械的不自由さだったのではないかと察せられて、そうであればこの集団の隠れた目的もあながち理解出来ないものではないような気がするのである。

しかし高岡ミユの顔にだけは笑顔がなかった。

雑木の上の西の空に赤く染まった雲の一片が見え、辺りは町より一足先に夜の闇に包まれようとしていた。それと同時に、高まっていた集団の空気も少しずつ沈んでいった。

「怪我をしたの？」中津川が、ズボンを捲って執拗に調べているスカーフ山田に訊いた。

「アライグマは有害な菌や回虫を持ってるんでね」彼は答えた。

「心配ないわよ」

「アライグマを捕まえて折口山町役場に持っていくと二千五百円になる」中津川にコバンザメのようにぴったりくっついている初老の男が言った。

その時ガラスドームの中から大きな音がして全員が振り向き、「何？」「何の音だ？」と口々に言いながらどよめき始めた。すると先頭にいた女性看護師が一歩前に進み出て言った。

「心配ありません」

アンニュイな雰囲気漂う、整った顔立ちの女である。

「心配ないとどうして分かる？」初老のコバンザメが訊いた。

「黙って」彼女はぴしゃりと言った。

「心配ないとどうして分かるんだ？」

「馬鹿野郎」老婆Aが女性看護師に向かって言った。

「静かに」

「何か来るよ！」

「私は痙攣する！　痙攣は快癒させる！　私は未知なる存在に打たれる！　存在の内で最も邪悪且つ慈愛に満ちた偉大なる意志によって私は打たれる。栄光と慰安と王冠を象徴する力が、私の中へと入ってくる！」黒革の手帳のハンチング老人が朗々と諳んじ、集団が一層落ち着きを失い始めた。

すると再び大きな音が鳴った。棚が倒れたような破壊的な音である。集団の混乱は更に大きくなり、老婆Aは意味不明の叫び声を上げ、中年女は呪文を唱えながら空中に巨大な図形を描いた。

全体が浮き足立っている。

その様子を、女性看護師は落ち着き払った顔でじっと眺めていた。それは恐らくこのような時間帯にこのような寂しい場所で、正体の分からない不安に心を鷲摑みにされることによってこそ、メンバー達のパフォーマンスの本領が最も効果的に発揮されるということを予め知っている者の顔だった。彼女は白衣のポケットから取り出した小型の帳面に何かを記録した。

その時野太い怒声がしたかと思うと、ガラスドームの中から二人の男が転がり出てきた。その二人は揉み合いながら集団の中に突っ込んできたので、一同は混乱した。一人は野球帽の若者であり、もう一人はポテイトであった。逃げようとするポテイトの襟首を左手で摑み、顔面を殴り付けようとして野球帽の若者が何度も右拳を繰り出している。

その時、兼本支部長が二人に走り寄り、野球帽の若者に向かって「光男！」と叫んだ。光男の拳固がポテイトの顔面にヒットして鈍い音が鳴った。ポテイトは脳震盪を起こし、ストンとその場に正座した。鼻からは既に血が垂れている。

「光男、止めなさい！」

兼本支部長はそう叫び、光男の背中に飛び付いて羽交い締めにしようとした。しかし光男は動物的な動きで素早く身を翻し、兼本支部長の腕を摑んだかと思うとその軽い体をハンマー投げのように振り回して投げ飛ばした。彼らの背後には黒革の手帳を手にしたハンチング老人がぼんやり立っていて、飛んできた兼本支部長をひしと抱き止める格好で、そのまま双方共に地面に倒れた。その拍子に彼らは夫々の手帳を地面に落としたが、暗さと興奮とでそのことに気付かないまま数秒間地面に伸されていた。それから兼本支部長がハッと上体を起こして手帳を拾い上げると、ハンチング老人も同じように拾い上げ、彼らは同時に手帳をポケットに捻じ込んでから立ち上がり、互いに目を合わせると弾かれるようにして離れた。

この混乱の中、最も早く逃げ出したのは高岡ミユだった。

彼女はこの時ばかりは全力で走ったに違いなかったが、瞬く間に中年女に追い着かれた。そして抜かれる瞬間、中年女が走りながら空中に図形を描いた腕に喉を直撃され、激しく転倒した。彼女が体勢を立て直して立ち上がろうとした時、後ろから彼女の上を飛び越えようとジャンプしたスカーフ山田の靴の踵が後頭部を直撃した。

「あ、痛かった?」

そう言って走り去っていくスカーフ山田の後ろ姿を見遣る間もなく、続いて二人の老婆が高岡ミユの両肩にぶつかりながら駆け抜けていった。

これらのことは、僅か数秒内に起こった。

やや外れたコースを逃げた他のメンバーは、三人の男達と高岡ミュとを遠巻きにしていた。高岡ミュはこの一連の出来事によって、肉体的衝撃以上に何らかの精神的ショックを蒙ったらしく、見る間に大きな変化がその身の上に生じた。蛙のように地面にへばり付いていた彼女は、髪の毛を掻き毟って震えながら声を上げた。

「肉団子無理肉団子無理肉団子無理肉団子無理！」

その光景をぼんやり見ていた光男が、今の今まで喧嘩していたことなどすっかり忘れてしまったかのように、穏やかな表情で口の端に笑みを浮かべた。

地面に蹲っていたポテイトは虚ろな目でその横顔を見上げていたが、やがて目の焦点を合わせて眉間に太い皺を寄せた。そして頭を強く振ってむっくりと起き上がり、「ごごごっ」と鼻の奥の喉を鳴らすと、光男が振り向いた拍子にその両目の目頭の辺りに向けて血の塊を吐いた。光男は表情一つ変えず、手で目頭の血を拭った。ポテイトは両目を剝いてから猛然と走り出した。光男は逃げたポテイトの背中を目で追い、一つ大きく息を吸ってからダッシュした。遠ざかっていくポテイトは速かったが光男の脚はそれ以上に速く、差は僅かずつ詰まっていった。その後から随分遅れて、兼本支部長が追い掛けていった。ポテイトは障害物の少ない広場にいては逃げ切れないと悟ったのか、急に旋回して再びガラスドームの方へと引き返した。光男もそれに続き、やがて三人の姿はガラスドームの裏手へと消えた。

するとと集団のメンバー達は安堵したように、途端に落ち着いて高岡ミュの狂態を興味深そうに観察し始めた。老婆Aは髪の毛を掻き毟り、中年女は呪文のように「肉団子無理肉団子無理」と唱え、他のメンバーも一様に彼女の律動に合わせて頭を揺らした。

頭上に羽音がして、二羽の鴉が大温室のガラスドームの方へ飛んでいった。

中津川が女性看護師の横にやってきて、「ミユは貰うものを貰おうとしているのよ」と囁いた。女性看護師はフンフンという感じで頷き、再び帳面を取り出して何かを記録した。

「こんな暗さでよく字が書けるわね」

「書けるわ」

「何を書いてるの？」

「データよ」

この集団の全体が一種のアトラクションだとすれば、この女性看護師は全体の進行が円滑に進むようマネージメントを担当しており、偶然生じた出来事や突発事も含めた種々の演出効果を記録して次回に生かしたり、アルバイトの働き具合に見合った手当てを計算したりしているに違いなかった。

「彼女のパフォーマンスは何を意味しているのかしら」女性看護師が訊いた。

「さあ。本物のやることは分からないわ」中津川が答えた。

高岡ミユは疲れてきたのか、徐々に動かなくなった。そしてフッと顔を上げると、誰に向かってでもなくボソッと「また追い抜かれました」と呟いた。

すると女性看護師が一歩前に進み出て、全体に向けて投げやりな調子で言った。

「集合」

五

兼本支部長がガラスドームの中に入った時、薔薇の花壇の前にポテイトを見失ったらしい光男が遠くの暗がりを見ながらじっと佇んでいた。あちこちで大小様々な物音が反響している。光男がそれらの物音に聞き耳を立てているのかどうかは、よく分からなかった。

「さっきの男に何かされたのですか？」兼本支部長は光男に訊いた。

光男は反応しない。

「今日ではなくても、以前に何かされた？」

光男は穏やかな顔のまま、視線を徐々に下に落とした。

「あの男はポテイトといって、昔うちで共同生活をしていた四人の内の一人です。私の耳を切り落としました」

すると光男は顔を上げ、両手の人差し指で空中にクルクルと図形のようなものを描き始めた。兼本支部長は何もかも分かっていますよという表情で、恰も光男の図形と呼応させるかのように、オーケストラの名指揮者のようなしなやかな指遣いで空中に見えない形を描き始めた。彼らは一見、特殊な手話で意思疎通を図っているように見えたが、光男はすぐに飽きたのか一方的にこの会話を止めてしまった。しかし半眼になって自らの名指揮に酔い痴れていた兼本支部長は暫くの間会話が終わっていることに気付かず、漸く光男が自分を無視してドームの天井の鉄骨に留まった二羽の鴉を仰ぎ見ていることを知ると、ばつが悪そうに手を合わせ、「有難うございます」と言いながら深々と頭を下げた。

光男が大きく開けた口を人差し指で指差した。

「お腹が空いているんですね。では教会に戻りましょう」

二人は歩き出した。

「殴るならいつものように私を殴って下さい。私がポテイトさんの罪の全てを被りますから」

その時彼らの背後に、忍び足でポテイトが迫ってきた。

そしてパイプ椅子を振りかぶり、兼本支部長の脳天に力一杯振り下ろした。兼本支部長は昏倒し、光男は後ろを振り返るより先にその場から走って逃げた。その後ろ姿に向けてポテイトはパイプ椅子を投げ付けたが、距離が足りずに当たらなかった。ポテイトは「待ちやがれ！」と叫んで光男を追い掛けていき、追う者と追われる者とが逆転し、そのようにして二人の姿はやがて見えなくなった。

後に残された兼本支部長の意識は、暫くの間戻ることはないだろう。ブナの樹の枝に留まっていた数羽の鳩が落とした糞が、倒れている兼本支部長の鼻先を掠めてコンクリートの上に落ち、跳ねが飛んで彼の唇を潤した。

狐男はずっと、大泉水を挟んで長く見詰め合った女、ゆき子の後を付けていた。この男には何かのっぴきならない目的があるらしく、しかしそれがなかなか実行に移せないもどかしさのようなものが肩や背中から湯気となって立ち昇っていた。彼は今、実物の十倍はあるヴィレンドルフのヴィーナスの半壊した石膏レプリカの陰に身を隠し、カップルの演じる愚かしい狂態の様を盗み見ていた。

富岡は極端に荒れていて、「いーーっ!」と唸りながらスチール製陳列棚を揺すっている。富岡が手に掛けた棚は既に三つ目だったが、この一台は一際大きかった。棚から植木鉢や砂や如雨露やバケツが次々に零れ落ちていく。

「もう止めて!」ゆき子が叫んだ。

「だったら嘘だと言え!」

「だから嘘だって言ってるでしょう!」

「嘘を吐け! 誰の子だ!」

「誰の子だって言いたいの!」

「知るもんか! 大方、あの耳のない男の子供じゃないのか!」

前後に揺れる巨大なスチール棚に富岡の体は翻弄され、次第に制御が効かなくなっているのが分かる。富岡も恐怖を覚えたのか一転して今度は押さえに掛かっていたが、スチール棚の関節部はおぞましい悲鳴を上げ、骨格全体が少しずつ捩じれてフラダンサーのように揺れ始めた。「危ない！」ゆき子が叫び、狐男はその時、固唾を呑んでヴィレンドルフのヴィーナスの豊満な乳房を鷲摑みにした。

次の瞬間、スチール棚は震えながら倒れていき、地面に激しく叩き付けられて痙攣した。耳を劈《つんざ》くような音と共に、破壊された鉢やプランターの破片が回転しながら四方に飛び散り、身を屈めて縮こまる富岡とゆき子の体は砂煙に呑まれた。スチール棚の骨組みの振動が生み出す不気味な重低音は大温室の隅々にまで達し、この三度目の爆音と重低音に、植物の生い茂る森の至る所に隠れていたイタチや犬猫、アライグマ、チャバネゴキブリ、アシダカグモ、ムカデ、コオロギ、蛾、羽虫、ヤモリ、鴉、鳩などが酷く落ち着かなくなり、これ以上我慢出来ないと言わんばかりにゾロゾロと出てきては右往左往した。

その時、外にいた集団の面々が「また鳴った！」「何！」「魔物の存在を証するものだ！」などと口々に騒ぎ始めた。

女性看護師は面倒臭そうに「落ち着いて」と言った。

男性看護師が高岡ミユに向かって「さっさと立て」と促し、彼女はゆっくりと立ち上がると、離れた場所にいる女性看護師の方を見た。

「あれは、私は仕事をしたわよという顔ね」中津川が小声で呟いた。

女性看護師は頷き、「いいのよそれで」と答えた。


兼本支部長の意識も、この音によって回復した。

彼は体を反転させて仰向けになり、舌先で唇を舐めながら天井の鉄骨越しに空を眺めた。鉄骨に留まっていた二羽の鴉は、既にいなくなっていた。彼は頭頂部や後頭部を撫で回し、薄闇の中で掌に血が付いていないかを確認した。それからゆっくりと上体を起こし、周囲を見回した。彼の周りには花壇があった。花壇に殆ど植物は残っておらず、ただ黒々とした土の上に僅かな雑草が生え残っているだけだった。よく見ると土の上には動物の足跡が点々としており、中には大きく抉られた箇所もあった。定期的に野兎や猪がやってきては草を食い荒らし、土を掘り返しているのだろう。

彼は暫くの間その花壇を凝視していたが、やがて何か思い浮かんだのか上着のポケットから手帳を取り出して開き、どこからともなく射してくる薄明かりに翳した。それから彼はハッとして手帳を閉じ、表紙を繁々と眺めてから再び頁を開いた。

遠くから「お願い、蹴らないで!」というゆき子の声がしたが、兼本支部長の耳には全く入らなかったらしく、その目は手帳に釘付けになったままだった。そして彼の顔には次第に興奮と歓喜の表情が表れ始めた。

「おおっ！」

彼は一声唸ってその場に立ち上がった。一瞬クラッときて足がふらついたが、興奮が勝ったようですぐに足元はしっかりした。兼本支部長は大きく息を吸い込むと、手帳の文字を声に出して読み始めた。

「私は痙攣する。痙攣は快癒させる。私は鞭で打たれて無知となる。鞭の先端は尖っている。私は釘で打ち付けられる。私は死んでいるように見える。私は劇的に変わる。その激化は、打擲する者への愛によって生まれる」

彼はその黒革の手帳を掲げて天を仰ぎ、「これは、これは……」と呟き、続けて「有難うございます、ゴッズ様……」と言った。

すると、遥か彼方から地上へと落ちてきた一滴の水の滴が、天井の鉄骨の間を擦り抜け、彼の左目の下の傷痕に命中した。その瞬間、兼本支部長の顔は丸めた紙のようにクシャクシャになった。彼はその顔に、天からの滴を続けて二滴、三滴と受け止めた。それから彼は意を決したように花壇の囲いのブロックの上に丁寧に黒革の手帳を置くと、着ていた服を脱ぎ始めた。大温室のあちこちからタン、タンという音が鳴り、それは次第に連なってでんでん太鼓のような音になった。

「マイクロバスまで走って」

女性看護師が言った。驟雨に見舞われたメンバー達は慌てて駆け出したが、高岡ミユは今度は最初から諦めているらしく、ダラダラと歩いた。男性看護師が急かそうとしたが、女性看護師は彼に「あなたはマイクロバスに行ってエンジンを掛けてきて」と言い、自分は雨に濡れる高岡ミユにペースを合わせた。

「天気予報では何も言ってなかったのに」

そう女性看護師が言うと、高岡ミユは目を合わせてこう訊ねた。

「あなたもアルバイトの偽者なんでしょう？」

「そうよ」

「変な仕事ね」

「そうよ」

そんな二人の背後に、走っている男が二人、豆粒のように見えていたが、雨に煙ってポテイトが光男を追い掛けているのか光男がポテイトを追い掛けているのか分からなかった。

しかしよく見ると、逃げている方の男は空中に図形を描いている。

集団のメンバーの中年女の描く図形も、兼本支部長の描く図形も単なるでっち上げに過ぎなかったが、光男の描く図形にはちゃんとした文法があり、私にも部分的に意味が分かる。今彼が発しているメッセージは「Ｈｅｌｐ Ｍｅ」に違いなかったが、ポテイトにも、勿論他の誰にもそれは通じない。

女性看護師と高岡ミユが、植物園の朽ちた駐車場に停まっているマイクロバスに辿り着いた時には、メンバーは全員乗り込んでいて、「寒い」「暖房の温度を上げろ」「こん畜生」などと文句を言っていた。

最後部の座席に座っていたハンチングの老人の顔が、酷く青ざめている。

「爺さん、気分悪い?」スカーフ山田が訊いた。

するとハンチングの老人は、手に持った手帳を前の背凭れに叩き付けて「下らん! 実に下らん!」と叫んだ。前の席に座っていた老婆Aが、振り向いて「馬鹿野郎!」と言い、スカーフ山田は「ぴゅっぴゅっ」と囀った。ハンチングの老人は血相を変えるや、バスの窓を開けて外に手帳を投げ捨てた。

バスが走り出した。

一旦バックして切り返してから再び前進した時、内輪差のせいで兼本支部長の手帳はバスの後輪によってグジャグジャに轢き潰された。

六

大温室の最も奥に当たる場所で、春日武雄と富田林が雨に打たれながら立っている。薄暗さの中、二人は雑草に埋もれて半ば腐り掛けている私の体にじっと眺め入っているのだった。

「富田林さん、これは裸男じゃないですか？　虫が一杯だ」春日武雄が顔を顰めながら言った。

「そうみたいね」富田林は目を丸くして、咄嗟に手で口と鼻を押さえた。

我々三人は、以前同じアパートの別々の棟に住んでいた者同士なのだ。

そこに、折り畳み傘を手にした老人と、彼に身を寄せて歩行車を押す老婆とが近付いて来た。

「何をしてる？」老人が訊いた。

「人が腐ってるんですよ」春日武雄が答えた。

老婆は夫に縋り付くようにして、私を凝視した。

「死んどるのか？」老人が言った。

「はい。体から草が生え始めています」

「草が」

「はい。土の肥やしになってるんです。きっとここから沢山の花が咲きますよ」

「そうですかっ」老婆が言った。

私の体から放たれる腐臭のせいか、それとも見た目の醜さからか、富田林が見る間に気分が悪そうになったので、春日武雄は彼女の肩を抱いて私から離れた。富田林は途中何度か体を折り曲げてえずき、春日武雄に背中を擦って貰いながら遠ざかって行った。死んだ私の体の中には蛆虫を始め多くの虫や無数の微生物が蠢いていたが、富田林の生きた体の中にも腸内細菌など無数の他の種が群れているのであって、生きていようが死んでいようが人間は所詮他の生物に集られ、毟られ、分解されるしかない曖昧な存在に過ぎない。彼女もまたいずれ私と同じくこの星の堆肥となることだろう。

この町の住人は精神が腐ったようなのが少なくないが、私にはそれが却って愉快に思われた。同じ堆肥になるなら、癖のある個体の方がより滋味ある滋養になろうと言うものだ。

雨が激しさを増す中、夫婦はその場に残って身を寄せ合い、黙って私の姿を見ていた。彼らは遠くまで来過ぎていて、老婆の弱った足ではこの雨を突いて家まで戻ることはかなり難しいだろうと思われた。ひょっとするともう帰ることを諦めているのかも知れず、もし彼らがこの場で息絶えて土と化すならば、ここにはもっと多くの花が咲き乱れるに違いない。

ゆき子が、雨に打たれながらへたり込んでいる。

その目は、自分ともう一人の命を生かそうとする気迫に漲っていた。

その横には彼女を助けた狐男が立っていて、少し離れた場所には四肢を歪め、顔を地面に押し付けながら尻を高く上げた富岡が辛うじて口で息をしていた。

既に死んでいる私には、半ば虫の息の富岡の頭の中が分かった。

彼は、ゆき子に妊娠という確たる苦悩があったことを知り、実際は自分こそ、ゆき子に苦しめられる振りをしていた苦悩プレイヤーに過ぎなかったのではないかという思いの中で、力なく泡を吹いているのだった。どうせなら、もっと頭がおかしくなるほど全力で苦悩すればよかったという激しい後悔に今際の際で責め苛まれながら、彼の意識は次第に消えつつある。頭の傍らには半分に割れたコンクリートブロックが転がっていて、出血は見られなかったが致命的な脳挫傷を負っている事は疑いなかった。

その時、狐男がゆっくりと天を仰いだ。

驚いたことに、この男ははっきりと私と目を合わせたのである。

どうやら私が見えているらしかった。

私はこのガラスドームの天井の鉄骨に引っ掛かった一枚の、目玉の描かれた捨て身祭りの護符を依り代として一時的にこの世に留まり、世界を見下ろしている者だ。下からはまず識別出来ないと思われたが、余りに大きく人の道を踏み外した狐男には幻視の力が備わったかのようだった。しかし、間もなく消え去る運命の私に分かることと言えば、もうすぐ富岡の魂が私の脇を擦り抜けて天に昇っていくだろうということだけである。或いは遠からず老夫婦の魂も。

狐男は自分も死にたいのか、恨めしそうに私を見ていた。

人間は所詮例外なく堆肥となる身だが、一つとして同じ腐り方をしないのが面白いところだと思う。

その時、鉄骨からぶら下がっていたゴムパッキンが切れて、一枚ガラスが落下した。

ガラスは真っ直ぐに落ちて、地面に当たって砕け散った。

鉄骨の震えによって目玉の護符も鉄骨から外れ、落下した。

私はその護符とともにあった。

護符は空気抵抗を受けてヒラヒラと、横へ横へと流れていった。

その時、花壇が目に入った。

雨水を受けて泥溜まりと化したその花壇の中で、全裸の兼本支部長が恍惚とした表情を浮かべて横たわる様は、蛆虫のようでもあり、無垢な赤子のようでもあった。

しかしそれがどんなに快い泥溜りだとしても、ここで野宿していて眠っている間に突然死した私の体が溶け込んだ、滋味豊かな泥には到底敵うまいと思われた。

兼本支部長の信じる神がどんなものか知らないが、この町の土となった私が、今後折口山町の人々が祀る神々の中に付け加えられることは間違いないところであろう。

遠く聞こえる祭囃子の音に耳を澄ませば、もう既に私を称える声が混ざり始めているのが分かる。

風が強くなってきた。

町の連中が呼んでいる。

私は一際強く吹いてきた秋風にふわりと身を預け、愚かしくも愛しいこの町の上を舞った。雨に滲んだ無数の提灯と町の灯りは煩悩のようにチロチロと燃えていて、それは捨て身になれない彼らそのもののようで、見ているうちに笑いのようなものが込み上げてきた。

参考文献

ポール・ヴァレリー『テスト氏』（粟津則雄訳、福武文庫）
東千茅『人類堆肥化計画』（創元社）
奥野克巳『ありがとうもごめんなさいもいらない森の民と暮らして人類学者が考えたこと』（亜紀書房）

初出誌「文學界」

苦悩プレイ　二〇一九年一月号
美しい二人　二〇一九年六月号
堆肥男　二〇一九年十月号
絶起女と精神病苑エッキス　二〇二〇年二月号
（「精神病苑エッキス」を改題）
カカリュードの泥溜り　二〇二〇年十一月号
死者にこそふさわしいその場所　二〇二一年二月号

単行本化にあたり加筆しました。

吉村萬壱（よしむら・まんいち）

一九六一年、愛媛県松山市生まれ、大阪で育つ。京都教育大学卒業後、東京、大阪の高校、支援学校教諭を経て専業作家に。二〇〇一年「クチュクチュバーン」で第92回文學界新人賞を受賞しデビュー。二〇〇三年「ハリガネムシ」で第129回芥川賞受賞。二〇一六年『臣女《おみおんな》』で第22回島清恋愛文学賞受賞。著書に『バースト・ゾーン』『ヤイトスエッド』『ボラード病』『虚ろまんてぃっく』『前世は兎』『出来事』『流卵』など多数。小説のほか、エッセイ『生きていくうえで、かけがえのないこと』『うつぼのひとりごと』、漫画『流しの下のうーちゃん』がある。

死《し》者《しゃ》にこそふさわしいその場《ば》所《しょ》

二〇二一年八月二十五日　第一刷発行

著　者　吉村萬壱《よしむらまんいち》

発行者　大川繁樹

発行所　株式会社　文藝春秋

〒一〇二-八〇〇八
東京都千代田区紀尾井町三-二三
☎〇三-三二六五-一二一一

印刷所　萩原印刷

製本所　加藤製本

ＤＴＰ　ローヤル企画

万一、落丁・乱丁の場合は送料当方負担でお取替えいたします。小社製作部宛にお送りください。定価はカバーに表示してあります。本書の無断複写は著作権法上での例外を除き禁じられています。また、私的使用以外のいかなる電子的複製行為も一切認められておりません。

©Man-ichi Yoshimura 2021　Printed in Japan
ISBN978-4-16-391418-3